DOS TÍOS

comedia, en tres actos,
de ambiente asturiano
original de

Emilio Ménéndez ('Milín')

fronda
ediciones teatrales

© Fronda ediciones teatrales
e-mail: palominomanuel@uniovi.es

Texto: Emilio Menéndez 'Milín'
Todos los derechos de representación escénica
© herederos de Emilio Menéndez 'Milín', 2020

ISBN: 978-0-244-85244-3

Dramaturgia Asturiana. Textos rescatados; 9

Colección coordinada y transcripción por:
Manuel Palomino Arjona

Emilio MENÉNDEZ GONZÁLEZ, *Milín*
(Gijón, 1897-1969). Romántico fin de siglo, bohemio
de chambergo y chalina, andador de tertulias y
animador de tristezas, tras estudiar en la escuela de
don Joaquín, sita en la calle San Bernardo, fue
cuartillero del periódico *El Principado*, propiedad de la
familia Guisasola, mientras estudiaba en el Centro
Católico de Gijón, fundado en 1888, en que
funcionaban secciones de declamación y
escenificación, y donde llegó a ser profesor. En 1918
se inicia como humorista gráfico, junto a Alfredo
Truán, en el semanario humorístico local *Epiplón*, y
después recurrió a las caricaturas para ilustrar
comentarios deportivos en los diarios *El Comercio* y
La Prensa, y revistas como *Los Sports*, que dirigía
Mario Orbón. Entre 1937-1962 trabajó en Madrid
como caricaturista de *ABC*. Fue actor de los cuadros
artísticos del Centro Católico, de Cultura e Higiene
de Cimadevilla, y del Ateneo, y también famoso
monologuista. Presidente del coro Los Farapepes,
hacia 1932, junto a Pachín de Melás, presidió la Peña
Antonio Medio (Madrid, 1946), y compusó letras
para canciones populares como *Caprichosa*, con
música de Amalio López. También fue el primer
asociado asturiano de la Asociación Vitolfílica
Española. Tras su jubilación regresó a Gijón para
convertirse en vocal de Centro Asturiano de Gijón,
charlista sobre temas taurinos, destacando sus
disertaciones sobre *Pinceladas taurinas* (Peña El
Redondel, 1964) o *El Cordobés* (Peña Taurina de
Avilés, 1964), y en pintor de retratos, paisajes y

naturalezas muertas. Fue entonces, cuando hizo con Rosario Trabanco un programa radiofónico de teatro asturiano que se titulaba *Amanecer en Asturias* (1965). Es autor del monólogo deportivo *La lloca afición* (Fernando Pañeda, 1925), muy socorrido por los cuadros artísticos de las sociedades de Cultura e Higiene, el sainete local *¡Así ye la vida!* (1935), la comedia *Dos tíos* (1941), que presentó al concurso de la Diputación Provincial en 1941, y *Xuana, la murmuradora* (1965), además de haber preparado el sainete *Pinín*.

DOS TÍOS

comedia, en tres actos,
de ambiente asturiano
original e inédita de

Emilio Ménéndez ('Milín')

Madrid, marzo de 1941

ACTORES

por orden de salida a escena:

FLORA, unos 30 años
Cefero, unos 45 años
Segundo, unos 50 años
CARMINA, unos 20 años
Don Jorge, unos 45 años
Juan, unos 25 años
PACO, unos 35 años
Sergio, unos 20 años
PACHU, unos 35 años
Matías, unos 45 años
Sindo, unos 20 años

La escena se desarrolla en un imaginado pueblo de
Asturias.

Derecha e izquierda, las del actor.

A mí muy querido e inteligente
hermano Rufino, que con tanto interés
y reiteración me animó a que
escribiese esta obra.

Madrid, marzo de 1941
EL AUTOR.

ACTO PRIMERO

Representa la escena la corrada de una casa de labor o finca de campo, que está entre la puerta de entrada a la casa y la panera u hórreo. Casa, a la izquierda, con portalón grande de entrada; y hórreo a la derecha. En el foro muro, con 'portiella' en el centro. Y de telón de fondo, arboleda, balagares, y verde campiña asturiana, con claro cielo. Debajo del hórreo, y arrimados al muro, aperos de labranza. Al lado de la casa, un rústico banco de madera. Es media mañana.

Están, en escena Cefero y su concuñada. Ésta, sentada, deshaciendo panojas de maíz, que echa en una cesta. Cefero, de pie, frente a ella, apoyados sus brazos sobre una azada.

Cefero: Es muy extraño el caso de nuestro cuñado Paco. ¡Mira que se le escribieron cartas para que viniera y no da cuenta de sí! ¿Tan grande será ese Madrid para que se pierdan así las cartas? Y si las recibe, como tiene que recibirlas, ¿por qué no contestará a alguna?

Flora: *(Es una jamona, bien conservada, guapetona, y viuda de un hermano de Pachu)* Lo más extraño aún es que le haya escrito también don Jorge, el abogado, y tampoco contestó a nada.

Cefero: Y más aún de extrañar, que le mandó don Jorge varias cartas certificadas y tampoco contestó a ninguna… Y don Jorge dice que tuvo que haberlas recibido, porque en Correos le aseguran que firmó el recibo de recepción.

Flora: ¿Y la dirección de Madrid, donde reside, será la que se le pone en el sobre siempre?

15

Cefero: Sí. Es la última dirección que dio, desde aquella última carta que escribió, diciendo: "Por fin, aposenté un poco.— Pachu."

Flora: Sí que es extraño todo esto.

Cefero: No te extrañe tampoco, cuñada, que ya sabes que Paco, el hermano de mi difunta mujer y de tu difunto esposo, es muy extravagante y muy original. Como decimos aquí, en Asturias, "está muy aventau". Ya sabes que desde muy rapaz, apenas tendría cinco años, lo llevó consigo para La Habana la familia aquella de los 'Xoveros', por reclamarlo unos tíos de allí, y no pudieron hacer nunca nada de él. porque enseguida que se hizo un poco hombre, se marchó de allí y después anduvo rodando por el mundo como un saltimbanqui.

Flora: Debe ser un hombre original y raro.

Cefero: Y muy excéntrico. Que no hay en el mundo, tierra que él no haya pisado. Allá, a cada año, manda una carta desde cada nación diferente y no dice más que esto: "Estoy bien. Dando vueltas por el mundo.— Pachu." Da la dirección de su residencia y cuando se le escribe llega la carta devuelta siempre, con la advertencia al dorso de "Se ausentó." Es lo que se llama un 'tiovivo'.

Flora: ¡Qué raro! El caso es originalísimo. Mucho quisiera llegar a conocerlo.

16

Cefero: Quisiéramos. Que en toda la familia nadie le conoce ya. Nunca tuvo la atención tampoco de mandarnos una mala fotografía.

Flora: Y menos mal que escribe de vez en cuando, aunque sea como lo hace, porque, por lo menos, sabemos que está vivo.

Cefero: En eso sí, es atento. Pero ¡qué más da! Si siempre escribe cuando se va a marchar precisamente de un sitio para otro.

Flora: ¿Y ahora se sabe positivamente que está en Madrid?

Cefero: Es posible. Habrá corrido mucho y ya le irán pesando los años. Ahora se irá acercando poco a poco ya a la 'tierrina'. Por el señor cura hay algunas referencias de él. ¡Si creo que es allí un gran asturianista! Y que ha hecho y hace mucha propaganda siempre, cantando alabanzas a nuestra tierra. Y eso que puede decirse que no la conoce, porque ya sabes que se marchó de bien pequeño.

Flora: Es originalísimo.

Cefero: Y fíjate si era travieso aquí ya, cuando chico, que no había manera de hacer carrera de él. Todos lo llamaban 'Taravica'. Cuando le dijeron si quería marchar para La Habana, sin preguntar lo que era eso, aceptó enseguida.

Flora: Es que ya tenía de bien chico espíritu aventurero.

Cefero: El caso es que está haciendo mucha falta aquí, porque hay que hacer la partición de herencia de los padres y no viene ni dice si viene. Y esto, ya ves cómo está: No sabemos qué bienes son los tuyos, ni los míos, ni los de él. Y que hay bastante que repartir. En fin, que no sabemos lo que es nuestro ni a qué atenernos.

Flora: Si es como se dice su carácter, presentaráse aquí el día menos pensado.

Cefero: Y sin él nada podemos hacer. Si tan siquiera escribiera mandando poderes...

Flora: ¿Y no podemos hacer las particiones sin estar él presente?

Cefero: No podemos, porque nos corresponde por igual, y él es el hermano menor. Nuestros padres nada dejaron escrito, y tenemos que ponernos los tres mutuamente de acuerdo. Si se ignorase por completo su existencia, sería más fácil. Pero sabiendo que vive, y, sobre todo que está en España, hay que esperar, a ver qué decide.

Flora: ¿Y qué estará, soltero o casado?

Cefero: ¡Qué ha de estar! ¡Solterón! ¿Cómo va a estar, mujer? Si estuviera casado, y, sobre todo, si tuviera varios hijos, ya sentaría la cabeza, que buena falta le hace. *(Transición)* Bueno, Flora, déjote, que voy a ver si hago algo por ahí. Si alguien pregunta por mí, estoy en la huerta. *(Mutis, derecha, con la azada al hombro)*

Flora: *(Suspirando)* ¡Ay! ¡Quién volviera a pillar un hombre así! *(Aparece, por el foro izquierda, Segundo. Es un tipo de aldeano noblote, socarrón y simpático)*

18

Segundo: Buenos días, Flora. ¡Vaya día más estupendo que tenemos hoy para las labores, ¿eh? Tú, trabajando siempre. ¡Cómo se conoce que hubo este año buena cosecha!... ¿Eh?...

Flora: No hay queja, señor Segundo. Este año se portó bien en todo. Y usted no se quejará, que ha tenido también abundancia...

Segundo: ¿Por dónde anda Cefero?

Flora: Hacia la huerta se fue hace un momento.

Segundo: ¿Venderáme el 'prao' grande de junto la iglesia que linda con el mío? Mira, que se hace de rogar el 'porreteru'...

Flora: Ya sabe usted que yo aquí no soy nadie. Desde que se murió mi marido entré en esta casa a vivir con ellos y no mando nada. Y él, puede decirse que tampoco. Mientras no venga nuestro cuñado Pachu y se arregle todo esto de los bienes...

Segundo: Anda, que a ti te tocaría una buena parte de la herencia...

Flora: Hombre; la parte de mi esposo sí que me tocará. Pero ya sabe usted que somos tres a repartir.

Segundo: Y buen bocado que te corresponderá. Que es mucho lo que hay que repartir... ¡Mira qué dejó haciendas y prados y ganado tu suegro Nando...!

Flora: Pero está todo así, colgando, sin saber a quién corresponde uno y otro. Hasta que no venga Pachu, el hermano menor, nada se puede hacer.

Segundo: ¡Qué falta le hace a ese! Tengo entendido que está riquísimo. Creo que hizo mucho dinero por esos mundos de Dios... Oí decir que era muy raro y muy extravagante. Que tan pronto le da por vestirse de señorón como de pobretayo. Así me lo dijo el señor cura el otro día en la bolera, después de salir de misa...

Flora: Va a resultar que todo el mundo sabe su vida menos la familia.

Segundo: Y creo que está 'jamareta' perdido *(Ríe)* Voy a ver si veo a tu cuñado Cefero. *(Al oído de Flora)* ¡Si pudiera casar al mi rapaz con la su Carmina! *(Medio mutis)*

Flora: Usted, siempre con sus conveniencias... *(Cariñosamente)* ¡Egoistón!...

Segundo: El mi rapaz lo vale. Y que es un buen mozo y curioso. Hasta luego, Flora. *(Mutis, derecha. Flora mueve la cabeza y sonríe. Sale de la casa Carmina, hija de Cefero. Guapa moza y simpática. Trae en la mano una cestita y echa en ella granos de maíz de las panojas que deshace)*

Carmina: ¿Con quién hablabas, tía?

Flora: Con el señor Segundo. ¿Sabes lo qué me dijo?

Carmina: ¿Qué?

Flora: Que quisiera que su hijo Lelo se casase contigo.

Carmina: *(Riendo)* ¿El pazguato ese? ¡Si es tonto! Mira si es tonto, que en el último sermón de la Pasión que dijo el señor cura, se marchó de la iglesia todo enfadado, diciendo que no iba más a la iglesia, porque el señor cura le echaba la culpa a él de la muerte del Señor, porque al decir "Por ti lo mataron... por ti lo crucificaron", dijo que le señalaba a él. *(Ríe Flora)* Que lo case con la ñata de su sobrina Conchita, que es tan pazguata como él.

Flora: No compares, Carmina.

Carmina: Bueno. Todo eso, como broma, puede pasar, tía.

Flora: Son cosas del señor Segundo, mujer. Ya sabes que es muy egoistón y quiere casar bien a su hijo. *(Transición)* Pero no me negarás que te anda rondando Chelu, el hijo de Calixto de Pachu Antón...

Carmina: ¡Bah!...

Flora: Y Chus, el rapaz de Benita la de Fuentehermosa...

Carmina: ¡Bah! Cosas de los mozos. ¿En qué van a pensar si no, tía?... *(Transición)* Yo, al que tengo muchas ganas de conocer es al tío Pachu. *(Exclamando)* ¡Cuándo vendrá mi tío! *(Se sienta al lado de Flora)* ¿Quiere usted creerme que, de oír hablar tanto de él, y de sus cosas y de sus extravagancias, sin conocerlo, parece que estoy enamorada de él? Y es que hay hombres que, sólo de oír hablar de ellos, le entran a una en el corazón... Parece que le estoy viendo. Debe ser simpatiquísimo. Y muy 'castigador' para las mujeres. *(Ríe)*

Flora: Pues algo parecido me pasa a mí. Parece que lo estoy viendo. Dicen que es muy curioso y muy simpaticón, sí.

21

Carmina: Y es bastante joven, ¿verdad?

Flora: Sí. Es el último de los tres hermanos que se fueron.

Carmina: ¿Cuántos años tendrá?

Flora: Unos treinta y cinco.

Carmina ¡Ah! Pues es joven. *(Levantándose)* No sabe usted las ganas que tengo de conocerlo. Cuántas cosas contará de tanto mundo como ha andado. La vida para él no tendrá dificultades. Para esos hombres ya nada se les presenta difícil.

Flora: El día que venga va haber que hacer fiesta en esta casa, porque todo el mundo desea con ansia su llegada. Y no por la parte material, no, sino porque siempre agrada ver a un familiar después de muchos años de ausencia. Y más aún no le conociendo nadie de la familia.

Carmina: ¡Ay! ¡cuándo vendrá! *(Transición)* Voy a echarles un poco de maíz a las gallinas. *(Medio mutis, derecha. Entran, por la derecha, Cefero y Segundo)*

Segundo: ¡Hola! Carmina… *(La lleva aparte, cogiéndola, muy cariñosamente, por un brazo)* ¿A que no sabes quién me dio muchos recuerdos para ti?

Carmina: ¿Quién?

Segundo: Lelín, el mi rapaz…

Carmina: ¡Ah! ¿Sí?… *(Iniciando el mutis)* Pues devuélvaselos… Pero, fíjese bien: devuélvaselos, que no los quiero. *(Mutis derecha, riendo)*

Segundo: *(A Cefero)* ¡Qué chiquilla!... ¡Qué loquilla es tu Carmina!...

Cefero: Si su tío es como dicen, a alguien de la familia se tiene que parecer. "De casta le viene al galgo", como dice el refrán.

Segundo: Y que hay muchos mozos en el pueblo que la rondan, y no le hace caso a ninguno...

Cefero: Muchos lo hacen porque saben que su padre tiene buena hacienda, y que ellos no son más que dos hermanos...

Segundo: Y que, además, es guapa, y simpática... El que está verdaderamente enamorado de ella es el mi rapaz...

Cefero: En esto de los amores ya sabe lo que pasa, señor Segundo: será lo que ha de ser. Ya le llegará la hora y se enamorará el día que menos piense.

Segundo: También al mi rapaz le tocará la suya... Ya sabes tú que yo tampoco estoy mal. Y Lelo es él solo, y sabes también que no tengo más que ese hijo. Y con tu hacienda y la mía no lo pasarían mal los rapazos cuando faltásemos nosotros...

Cefero: *(Riendo)* Entonces, si fuera así, ¿por qué desea usted tanto el prado mío de junto a la iglesia? Puede ser algún día de la mi rapaza...

Segundo: Es que a ese prado siempre le tuve yo echado el ojo... Anímate, Cefero... *(Ríe Cefero. Entra por el portillo del foro don Jorge, señor de mediana edad. Es el abogado de la casa)*

D. Jorge: *(Muy amable)* Muy buenos días a todos. ¿Se puede pasar?

Cefero: *(Yendo hacia el foro, y abriéndole la 'portiella')* Buenos días, don Jorge. Pase usted...

D. Jorge: *(Dando a todos la mano, muy cortés)* ¡Hola!, doña Flora... ¿Qué tal, Cefero?... ¡Hombre, señor Segundo!... *(Le corresponden todos)* Se le ve a usted poco por casa ahora, señor Segundo...

Segundo: Desde 'aquello' no quiero más 'líos'. ¡Con ustedes, gánese o piérdase, siempre sale uno perdiendo!

D. Jorge: *(Riendo)* ¡Claro, hombre, claro! Si no, ¿de qué íbamos a vivir los defensores de la justicia?

Segundo: Sí, ¿eh?... La culpa no la tienen ustedes, sino los que vanos allá a dejar los 'cuartos'... y algo más... ¡Estoy ya muy escarmentado!

D. Jorge: *(Sonriente)* Señores, traigo muy buenas noticias. *(Se alegran todos)*

Cefero: Flora, trae una silla para don Jorge. *(Vase izquierda Flora, y vuelve con dos sillas)* Díganos, don Jorge, díganos. *(Invita a don Jorge y a Segundo a sentarse en las sillas, y Cefero y Flora se sientan en el banco)*

D. Jorge: Por fin, recibí ayer carta de su cuñado Francisco.

Flora: ¿Qué dice? ¿Qué dice?

D. Jorge: Es un caso originalísimo. *(Saca una carta del bolsillo de la americana y se dispone a leerla)*

Segundo: Bueno. Esto son cuestiones de familia, y que a mí nada me importan. De modo que, con permiso de ustedes, yo me retiro... *(Se*

24

levanta y se dispone a marchar. Cefero vuelve a sentarle)

Cefero: Siéntese, señor Segundo. Que ya sabe usted que en esta casa se le considera como de familia. Somos muy buenos vecinos y siempre nos llevamos como hermanos. Además, usted era íntimo amigo de nuestro suegro, y siempre fue como de casa.

D. Jorge: Pues tiene mucha gracia su cuñado de ustedes. Atiendan a lo que me dice. *(Lee la carta)* "Muy distinguido y amabilísimo señor: Recibí todas sus cartas, a las que no le contesté antes porque no me dio la gana. Basta que usted me escriba diciéndome que le conteste, para que yo no lo haga. Ahora escríbole yo, porque hace mucho tiempo que no recibo ninguna carta suya. Y le escribo para decirle que iré a esa cuando no me llamen. Si hay que repartir algo, que lo repartan entre sí mis cuñados. A mí no me hace falta nada, gracias a Dios. Ahora bien; si es que mi presencia es necesaria, porque lo exijan así los protocolos de la ley, iré; pero lo mismo puede ser hoy que dentro de otros tantos años como hace falto de ese pueblo de Villahermosa. Yo creo que no puedo serle más claro. Abrace en mi nombre a mis familiares, que no conozco, y usted reciba el afecto de este buen asturiano.— Francisco García y García.— Posdata: ¡Viva Asturias!." A juzgar por esta carta, su cuñado de ustedes debe ser más original de lo que se creen…

25

Carmina: *(Entra por la derecha, con el cesto en la mano. Ve a don Jorge y tira el cesto al suelo, y creyendo es su tío, va a abrazarlo. Aparte)* (¡Este debe ser mi tío!) ¡Tío!... ¡Tío!... ¡Tío Pachu!...

Segundo: *(Cogiendo a Carmina de un brazo)* ¡Cállate, mocosuela, que no es tu tío! Es don Jorge, el abogado...

Carmina: *(Avergonzada)* ¡Ah!... Creí que era... ¿Ye que sabe algo de mi tío?

Cefero: Sí, mujer. Que vendrá tu tío.

Carmina: ¡Ay! ¡Qué bien!... ¿Cuándo? ¿Cuándo?

D. Jorge: Hoy mismo, o... dentro de treinta años. *(Ríe)* Tiene gracia.

Carmina: ¡Huy! ¡Qué contrariedad! *(Dándole una manotada a Segundo y tirándole el sombrero al suelo)* ¡Ay! Perdone, señor Segundo. *(Muy nerviosa y cogiendo el sombrero y poniéndoselo)*

Cefero: ¿Y qué hacer, ante esta carta?

D. Jorge: Esperar, señor Cefero, esperar. Como usted ve, él se pone en buen terreno. Según su carta, firmada de su puño y letra, renuncia a la parte que le corresponde en la herencia. Podríamos proceder cuando quisiéramos, sin contar con él; pero si ustedes quieren esperar un poco más... Con este documento... *(Señalando a la carta)* pueden ustedes disfrutar, en su exclusivo beneficio, de todos los bienes y hasta hacer la partición para ustedes dos. Eso, ustedes verán. Ya saben que yo no tengo ninguna prisa.

Cefero: Pues esperaremos un poco más. ¿No te parece, Flora?

Flora: Por mi parte no hay ningún inconveniente.

D. Jorge: Pues yo ya nada tengo que hacer, hasta que ustedes me avisen. *(Levantándose)* Nunca me ha pasado caso igual en mi larga carrera. Lo contrario que otros, que casi no se ha muerto el doliente y ya están los promotores gestionando la herencia. Bueno, señores, hasta que ustedes me avisen. Adiós a todos... *(Medio mutis)* Y usted, señor Segundo, ¿a ver cuándo vuelvo a verle por mi casa?

Segundo: Me parece que también voy a tardar. Que del último pleito que tuve y gané, salí perdiendo... ¡Si llego a perder, no sé qué pasaría! *(Ríe don Jorge)*

D. Jorge: *(Estrechando a todos la mano)* ¡Adiós! *(Mutis izquierda)*

Cefero: Bueno. ¿Y qué hacemos?

Flora: Esperaremos otro poco. Cualquier día se presentará aquí. Ya visteis cómo le contestó a don Jorge. *(Camina vase a la casa, muy contrariada. Entra en escena, por la parte del foro izquierda, Juan. Es un mozo fuerte y arrogante, hijo de Cefero, con la chaqueta al hombro y un rastro o 'garabatu' en el otro hombro, que deja a un lado al entrar)*

Juan: Me encontré ahí en la 'caleya' con don Jorge. Díjome que ya me contarías... ¿Hay alguna novedad?

Segundo: Bueno. Vóime, Cefero, que tengo qué hacer en casa. *(Aparte)* (¡Qué tío más célebre el famoso Pachu!) Hasta luego, rapazos. *(Vase derecha)*

Cefero: Hasta más tarde, señor Segundo. *(A Juan)* Ya te contaremos... *(Hacen mutis izquierda, hacia la casa, Cefero, Flora y Juan)* Pues verás, Juan... *(Aparece por el foro, parte izquierda, Paco. Es un tío fresco. A su lado hay que abrocharse. Viste muy desaliñado. Se cubre con un tosco sombrero, muy usado. Lleva en la mano un maletín-muestrario, también bastante deteriorado. Se queda a la puerta. Mira a todas partes, sin ver a nadie. Examina la 'portiella', que no acierta a abrir, y al fin, la abre de par en par. Entra y se queda en el centro de la escena. Sigue mirando a todas partes. Deja el maletín en el suelo, lía un pitillo y fuma, tranquilamente. Habla, con marcado acento, el castizo lenguaje madrileño. Es un tipo auténtico de los barrios bajos de Madrid)*

Paco: Vanos a ver si debutamos, Paco. *(Saca un reloj del bolsillo, que es casi tan grande como el maletín, y mira la hora)* Las once, y sin vender una escoba... Bien es verdad que todavía no empezaste a trabajar, Francisco. Vamos a ver cómo debutamos. Que me han dicho que estas alhajas de novedad, de 'a cero noventa y cinco' cuelan bien aquí en Asturias entre los aldeanos. Que se 'calan' a ellas que es un primor. Y que aquí es una novedad todo esto. ¡Que les alucinan! *(Colocando el maletín en el banco)* Pongamos aquí el "Establecimiento", que

28

pronto subiremos el cierre. Veremos a ver si es verdad lo que me decía mi 'socio protector' en Madrid: Vete a Asturias, tocayo, que allí te haces rico con todas estas novedades. Tú te prestas bien para esto. Llevas un buen cargamento, y si se te agotan las existencias pide más, que se te mandarán. *(Se apoltrona en el banco, colocando una pierna sobre la otra, como si estuviera en su casa, y fumando tranquilamente)* Y esta debe ser una casa fuerte. Vamos, que aquí deben de estar bien de 'tela'. *(Extasiándose en el paisaje)* ¡Qué campos! ¡Qué panorama! ¡Qué campiña más hermosa! ¡Esto es encantador!... El sol de Madrid es alegre. La ciudad, bullanguera, castiza, cascabelera, confiada, divertida... ¡Pero esta tierra es encantadora! ¡Asturias!... ¡Qué razón tenía el asturiano!... ¡Un edén!... ¡Un paraíso!.... ¡Qué sol!... ¡Qué verdor!... ¡Qué aroma!... Como decía don Paco: *(Se levanta, y declama, cómicamente)*

"Asturias, patria querida;
Asturias de mis amores,
no podrás ser definida
ni en pintura ni en canciones;
que eres tierra preferida
de España, entre sus regiones."

(Sale Carmina por la izquierda y se queda a la puerta de casa, contemplándole y observándole, pensativa y

dudosa. Al fin, corre a abrazarle. Aparte) (¡Este sí que es mi tío.) ¡Tío, tío!... *(Le abraza)*

Paco: *(Aparte)* (¡Mi madre!... ¡Qué mujer!...) *(La abraza por la cintura)* (¡Qué gachí!)...

Carmina: ¡Tío!... *(Muy melosa)* ¡Tiíto!...

Paco: Óyeme, nena, ¿estoy soñando o esto es un paraíso, con odaliscas y todo? *(Aparte)* (¡Y vaya líneas que tiene la gachí!)

Carmina: *(Dándole palmaditas en la cara)* ¡Anda, tío guasón, que ya te conocemos! Lo sabemos todo...

Paco: *(Encantado de la vida)* ¡Ay, mi madre!... *(Aparte)* (¡De esto no me ha dicho nada el asturiano!)

Carmina: *(Observándole la indumentaria)* ¡Y te dio por venir mal trajeado!...

Paco: *(Mirándose también la ropa)* Lo único que tengo. Lo que ves y lo que traigo puesto. ¿Pero es que voy tan mal vestido, nena?

Carmina: *(Mimosa)* ¡Ya pudo darte por venir elegante! ¡Yo hubiera más querido verte elegante!...

Paco: ¡Qué más quisiera yo!... ¡Si no tengo más que lo que me ves puesto, damita!...

Carmina: *(Riendo)* ¡Si lo sé todo!... ¡Estás bueno!... *(Cogiéndole el maletín)* ¿A ver qué llevas aquí?

Paco: *(Alborotando)* ¡Eh! ¡Eh! ¡No toques ahí!... ¡Deja el "Establecimiento"!...

Carmina: *(Abriéndole el maletín y quedándose asombrada)* ¡Huy! ¡Cuántas joyas! ¡Cuántas alhajas!.... *(Paco forcejea por cerrarle y cogerle el maletín)* ¡Qué riqueza más grande!... ¡Pero tío!... ¿Dónde vas con todo esto? ¿Cómo lo llevas así en este maletín? ¿No ves que pueden darte un atraco y robártelo todo? *(Aparte)* (Tenían razón que era muy rico)

Paco: *(Fingiéndose inteligente y dándose importancia)* Pero, criatura, ¿te crees tú que, yendo de esta facha, como tú dices, se va a suponer nadie lo que llevo en el maletín? ¡Pero si ya voy a propósito así, encanto! Así nadie sospecha. Lo mismo hago cuando viajo: voy en tercera siempre, porque los ladrones de alhajas viajan siempre en primera. *(Aparte)* (¡Qué bien me ha salido esto!)

Carmina: ¡Qué inteligente eres, tío!...

Paco: *(Aparte)* (Aquí hago yo negocio. ¡Me hincho, vamos!... ¡Vaya si me hincho a ganar dinero!... ¡Se creerán que estas alhajas son buenas!... ¡Tenía razón don Paco!) *(Quitándole el maletín a Carmina)* Mira, nenita, con esto no se juega, que es mi medio de vida.

Carmina: ¡Vaya un tío que tengo más simpático!... ¡Pues sí que tiene gracia! Y se pone serio y todo... Si ya te dije que estamos enterados de todo, tío Pachu...

Paco: Oye, nena...

Carmina: ¿Qué quieres, tiíto?

Paco: ¿Cómo me llamaste?

Carmina: Tío Pachu.

Paco: ¿Y qué es Pachu?

Carmina: ¡Qué guasón! ¿Qué va a ser? Paco, Francisco...

Paco: ¿Y cómo sabes que me llamo yo Paco?

Carmina: Porque lo sé. ¡Tiene gracia! *(Abraza a Paco, le da un beso y vase corriendo, izquierda, entrando en la casa)*

Paco: *(Extrañado)* ¿Pero qué es esto? ¿Yo sueño o estoy despierto? *(Se da de bofetadas y se pone a pensar)* ¡Ah!... A mí deben confundirme con alguien. No puede ser por menos. Y si fuese broma, yo sigo la broma. A frescura a mí no me gana nadie. A ver en qué para esto. Y me llama Pachu. Y tío... Yo aquí seré Pachu, y tío y sobrino y padre y lo que sea. Me parece que aquí caí hoy de pie, como suele decirse. ¡De Madrid, y de los barrios bajos, y chungarse de mí!... ¡Pamema!... ¡Amos, anda!... *(Transición)* ¿O es que pretente tomarme el cabello esta gachí? *(Amoscado)* ¡A ver si estás haciendo el 'canelo', Paquillo!... Pero, ¿cómo? ¡Cá, hombre, cá!... Pa fresco yo... ¡Pa chasco! *(Sale puerta de la casa, Flora, avisada por Carmina, seguida por ésta. Se quedan ambas a la puerta, mirando a Paco)*

Flora: *(Llamándole, muy cariñosamente)* ¡Pachu!... *(Paco mira a la derecha, creyendo no va por él)* ¡Pachín!... *(Avanza hacia el centro de la escena, y le abraza fuertemente)* ¡Hermano mío!...

Paco: *(Se queda perplejo. Aparte)* (¡Vaya, otra gachí!... ¡Ay, mi madre!...) *(La coge también por la cintura)* (¿Pero, qué es esto?) *(Paco se descubre)*

Flora: Ya era hora que se te viera el pelo. ¡Mira qué pelo más guapo tiene! *(Carmina va apoyarse en el* *maletín y Paco la retira)* ¿Cómo vas tan mal peinado? *(Se quita una peineta de su cabeza y le peina)*

Paco: *(Aparte)* (¡Nada, que me quieren tomar el pelo!) *(Muy serio)* ¡Bueno! ¡Basta ya de bromas!

Carmina: No te enfades, tiíto… *(Lo acaricia)*

Flora: *(Aparte)* (¡Es igual que yo me lo imaginaba! Igual que me lo pintaba en la imaginación.)

Carmina: *(Cogiéndole de una mano y sentándolo en una de las sillas que hay en escena)* Oye, tío sinvergüenzón, ¿cómo no viniste cuando te llamamos? *(Le acaricia su cara)*

Paco: *(Aparte)* (Nada; a mí me confunden con otro. Yo sigo la corriente, ¡qué caray! Que sea lo que sea. Lo más que pudiera pasarme es que me echen luego a puntapiés, pero yo me aprovecho. ¡Está uno ya tan acostumbrado a todo!… Al menos aquí no pasaré hambre. ¡Y mira que he pasado yo hambre en este mundo!…) *(Se sientan Flora y Carmina a su lado, una a su izquierda y otra a su derecha, cogiéndole cada una de una mano)*

Carmina: Oye, tío, ¿de dónde vienes?

Paco: *(Muy serio)* De Madrid.

Carmina: Ya lo sabíamos.

Paco: ¡Ah! ¿Sí?

Carmina: *(Dándole una palmadita en la cara)* ¡Tonto!… ¡Que nos quieres hacer tontas!…

Paco: ¿Otra vez?

Flora: ¿Cómo no viniste cuando te llamó don Jorge, el abogado?

Paco: *(Escamado)* ¡Porque no me dio la gana!

Flora: Igual que lo dices en la carta. Tenías razón: Lo mismo podías venir hoy que dentro de treinta años.

Paco: *(Aparte)* (No. Sí yo sé esto, vengo antes aquí; me parece que me voy hacer el amo. Y luego, que pase lo que pase.) *(Muy cariñoso)* ¿Y os alegráis que haya venido?

Flora: ¡Hombre! Fíjate. ¡Después de tanto tiempo! Pero no te vayas a creer que es por lo de la herencia.

Paco: ¿Qué herencia?

Flora: La de los padres.

Paco: ¡Ah! Sí. Nada. Eso no tiene importancia. A mí no me interesa. Yo cedo mi parte.

Flora: *(Aparte)* (Igual que lo dice en la carta)

Carmina: *(Muy mimosa)* Oye, tío, ¿tú qué estás, ¿soltero o casado?

Paco: (Dándose importancia.) Célibe.

Flora: ¿Qué es eso?

Paco: Eso.

Carmina: Bueno. ¿Pero qué?

Paco: Soltero, mujer, soltero. ¿Qué va a ser?

Flora: *(Aparte)* (¡Huy! ¡Qué bien! Soltero.)

Carmina: *(Aparte)* (¡Soltero! ¡Y qué listo es!) Oye, tío, ¿y no te gustaría casarte?

Paco: Sí.

Carmina: Y ¿con quién te casarías?

Paco: Con vosotras dos.

Carmina: Mira, tía. Nos está tomando el pelo.

Paco: Primero me lo tomasteis vosotras a mí.

Carmina: *(Dándole una palmada en la cara)* Guasón.

Flora: *(A Carmina)* pero, oye, Carmina. Llama a tu padre y a tu hermano. Diles que está aquí Pachu. Mira si seremos tontas, que no se nos ocurría.

Paco: No. Todavía no. Que estamos muy bien así. Además, quiero descansar un poco. *(Abrazando a las dos, una de cada lado)*

Carmina: Es que tienen muchas ganas de conocerte y de abrazarte.

Paco: Ya me conocerán, ya. También yo tengo ganas de conocerlos a ellos. *(Aparte)* (Y me parece que bien pronto. ¡Vaya si me van a conocer!) ¿Tienen mal genio?

Carmina: ¡Qué va! *(Se levanta Flora, para ir a avisarlos)* Déjame a mí, tía. Déjame a mí que les dé la sorpresa.

Paco: No. Si el que va a darles la sorpresa voy a ser yo.

Carmina: Voy a decírselo. *(Vase corriendo, izquierda)*

Paco: Oye, tú; espera… *(Aparte)* (¡Me comen!)

Flora: ¡Ay! Pachu… *(Haciéndole una caricia)* ¡Cómo te pareces a tu hermano!…

Paco: ¿A mi hermano?

Flora: Sí. A tu hermano.

Paco: ¿A qué hermano?

Flora: A Fernando.

Paco: ¿Está aquí, también?

Flora: No. Murióse.

Paco: ¡Ah! ¿Lo conociste tú?

Flora: ¡Qué guasón! ¿Pero tú no sabes que estoy viuda?

Paco: ¿Viuda? ¿Pero tú estás viuda? ¿Tan jovencita y viuda? *(Le acaricia la cara a Flora, muy cariñosamente)* ¡Mira qué lástima!...

Flora: *(Muy zalamera)* Ya ves, Pachu... Casi de recién casada me quedé.

Paco: ¡Qué pena, mujer! ¿y de qué se murió?

Flora: De un viaje...

Paco: ¡Como yo!... Que me parece que no voy a salir bien de este viaje...

Flora: ¿Y ya no te marcharás más?

Paco: No. Yo no pienso marcharme. Lo más probable es que me echen. Pero a puntapiés.

Flora: ¡Qué golpes tienes, Pachu!...

Paco: Golpes, los que me van a dar a mí.

Flora: Tenían razón al decir que eras un hombre extraordinario.

Paco: No me conocéis bien. A sinvergüenza no hay quien me gane...

Flora: Estábamos enterados de todo... *(Salen de la casa Cefero, Juan y Carmina)*

Paco: *(Al verlos)* ¡Ay, mi madre! *(Aparte)* (Serenidad, Paco)

Cefero: *(Corriendo a abrazar a Paco)* Pero, ¿es posible? ¿Pero eres tú, Pachu?

Paco: Fancisco...

Cefero: ¿García?

Paco: *(Extrañado por coincidir con su apellido)* ¡García!...

Cefero: ¡García y García!... ¡El mismo! Y, ¿de dónde vienes?

Paco: De Madrid.

Cefero: ¡El mismo!... Y, ¿dónde naciste?

Paco: *(Dudando)* ¡Qué sé yo! Rodé tanto por el mundo, que ya casi no sé dónde nací ni dónde estoy.

Cefero: *(Muy contento)* El mismo. ¿Cuándo llegaste?

Paco: Ahora mismo.

Cefero: *(Aparte)* (Como decía en la carta. Es el mismo.) ¿Y dónde tienes los equipajes? *(Aparte)* (Le dio por venir mal vestido)

Paco: Conmigo.

Cefero: ¿Dónde?

Paco: En la tienda.

Cefero: *(Aparte)* (¡Vaya golpes que tiene! Tenía razón don Jorge. Es genialísimo.) *(Muy contento)* ¡Eres el mismo! ¡Abrázame, Pachu del alma! ¡Ya era hora que nos conociéramos! *(Le abraza de nuevo, fuertemente)*

Paco: *(Aparte)* (¡Ay, mi madre!)

Cefero: *(Por el maletín)* Ya me contó la rapaza lo del maletín. Trae que te lo guardamos en sitio seguro.

Paco: *(Abrazándose al maletín)* ¡No! ¡Eso sí que no! ¡Éste no se separará de mí!

Cefero: ¿Desconfías, hombre?

Paco: No. Es una promesa que hice a la Virgen de Covadonga, al venir para aquí.

Cefero: Bueno, hombre, no te disgustes. *(Presentando a la familia. Por Juan)* Este es mi hijo, tu sobrino Juan. Es algo apocado y cobardón. No se parece nada a su tío. *(A Juan)* ¡Abrázalo,

37

hombre, que parece que estás asustado! ¡Ya te espabilará tu tío! *(Juan abraza a Paco)*

Paco: No te conocía, rapaz.

Cefero: *(Por Flora)* Ésta es tu cuñada Flora, viuda de tu hermano Fernando. Ésta, tu sobrina... *(Por Carmina)* Carmina, también hija mía...

Paco: *(Por Flora y Carmina)* Nosotros ya nos conocemos, ¿verdad?...

Cefero: Pero estarás cansado. ¿Querrás tomar algo? Asearte un poco...

Paco: ¡Hombre! Eso sí que os lo agradeceré. Estoy muy rendido y tengo más hambre que... yo mismo.

Cefero: *(Señalando a la casa)* Pues vamos todos adentro. Allí hablaremos con más calma. *(A Carmina y Flora)* Descolgar los mejores jamones y los mejores chorizos. Escoger los mejores huevos del gallinero. Matar los mejores pollos y catar la mejor vaca. *(A Paco se le hace la boca agua)* Y del lagar traer la mejor sidra del mejor tonel. ¡Vas a ver lo que produce la Asturias que tu tanto propagas por el mundo, por esos mundos de Dios! Qué habrás comido bien en todas las partes donde estuviste, pero como comerás aquí en tu casa no habrás comido nunca. ¡Y ahora, abracemos todos al familiar ausente que viene a tomar posesión de su casa!... *(Se van todos hacia él y le abrazan)* ¡Mi hermano!...

Flora: ¡Mi cuñado!...

Carmina: ¡Mi tío!...

Paco: *(Abrazando fuertemente, una de cada lado, a Flora y Carmina)* ¡Mi padre!... ¡Mi madre!... ¡Mi agüela!... ¡La que se va armar aquí, si Cristo no lo remedia!...

TELÓN

ACTO SEGUNDO

Representa la escena pomarada de la finca de Cefero, con unas matas al fondo, que separan de ésta la pomarada de Segundo. Como telón de fondo, campiña asturiana. Una rústica mesa de madera en el centro y rústico banco, también de madera. Sobre la mesa, sobre un plato, taza de café; una botella de coñac y una copita sobre un platillo. Es media tarde. Hace buen sol.

(Está en escena Paco, con elegante chaquetilla de pijama, sentado, muy arrellanado, en el banco, al lado de la mesa, fumando un cigarro puro, y extasiándose en el ambiente que le rodea. Con su pluma estilográfica, que luego coloca en el bolsillo superior del pijama, acaba de escribir unos versos, cuya cuartilla repasa y deja luego sobre la mesa)

Paco: ¡Pues sí que se está bien aquí! ¡Esto es encantador! ¡Y qué aroma más saludable se respira! Este ambiente invita a la poesía. ¡Qué razón tenía don Paco, el asturiano!: "Todo lo que yo os diga de lo que es Asturias, es poco", nos decía. "Para conocerlo y darse cuenta de ello, hay que ir allá... No puede definirse con palabras. Hay que ir a verlo y disfrutarlo... El que va allá no vuelve..." Claro está que en Madrid cada uno tira para su región. Unos que Guipúzcoa, otros que Aragón, otros que Andalucía... Yo no quiero hacer competencias, pero lo que de todo he visto en España, y eso que la he andado toda, de Norte

41

a Sur y de Este a Oeste, ninguna tierra como ésta me ha sentado tan bien. Ni Andalucía, con su gracia repajolera, ni el mismo Madrid, con su casticismo. Claro que Madrid es otra cosa. Es una gran capital. Una hermosa ciudad, con soberbios edificios, mucho movimiento, cuna de las artes, de la ciencia... Pero esta tranquilidad, este ambiente, este aroma de los campos que aquí se respira, no lo he visto ni lo he disfrutado en ninguna parte. ¡Bien es verdad que me estoy dando aquí una vida padre!... *(Toma una copita de coñac)*

Carmina: *(Entrando por la izquierda, y sentándose al lado de Paco)* ¿En qué piensas, tío?

Paco: Estaba haciendo, mentalmente, una apología geográfica de las diversas y principales regiones de España, climaterismo variado de su ambiente, importancia capital de sus riquezas y diversidad de carácteres de sus ciudadanos.

Carmina: ¿Y qué es eso?

Paco: La ponderación máxima o crítica personalísima y material de la expresión singular de la riqueza y fertilidad de los terrenos y campos geográficamente variados...

Carmina: Si no te entiendo...

Paco: ¡Cómo me vas a entender! ¡Si son camelos que yo me gasto! Es que este ambiente puro me inspira y me eleva a los ámbitos del romanticismo. Mira, si yo tuviera una musa poética más elevada, te haría una bella poesía, ensalzando tus virtudes, tus encantos, tu hermosura y tu belleza.

Carmina: ¿Soy guapa yo, tío?

Paco: Eres, joven hermosa, cual ninfa y fabulosa deidad de las aguas, de los bosques, de las selvas y de los campos. *(Aparte)* (Hoy estoy verdaderamente inspirado.)

Carmina: ¿Y dónde aprendiste todo esto, tío?

Paco: Este último parrafito lo leí, por casualidad, hace unos días, en el Diccionario de la Academia Española, buscando la palabra 'Ninfea', o 'Nenúfar', que corresponde al 'Ninfeáceo', que habla de las dicotiledóneas acuáticas...

Carmina: Todavía no estás bien de la cabeza, tío. Ayer comiste y cenaste demasiado y bebiste luego mucha sidra y te mareaste. ¡Hay que ver lo que nos reímos con las cosas que se te ocurrían! ¡Decías que eras el rey de la novedad! Fíjate si te mareaste, que tuvieron que acostarte entre mi padre y mi hermano, que también tuvieron que desvestirte...

Paco: Eso en Madrid se llama coger un tablón.

Carmina: Sí, algo había de eso; porque te daba por romper las sillas y las banquetas y las mesas...

Paco: ¡Qué bárbaro!

Carmina: Bebiste mucha sidra y te daba también por el cariño, no cesando de abrazarnos a mí y a mi tía.

Paco: ¡Mira qué cariñoso soy!

43

Carmina: Y en el lagar te dio por espichar todos los toneles y poner la boca bajo la espita. Y así se bebe mucho, sin darse cuenta.

Paco: Es que no estoy acostumbrado todavía a la sidra. Verás cuando me acostumbre lo que aguanto bebiendo. Y es que aquí en Asturias tenéis la costumbre para marchar de decir siempre: "Vamos a tomar la espuela", y esa espuela no se acaba nunca... *(Toma otra copita de coñac)*

Carmina: ¿Y ahora te encuentras bien?

Paco: Muy bien. Excelentemente. Hoy ya he comido poco. No comí más que unas cuantas rajitas de aquella longaniza tan estupenda; luego la sopa de gallina; después las 'fabes', como decís aquí, 'bien acompangadas'; luego la carne con patatas; después el pollo; unas magritas de jamón con dos pares de huevos fritos; tres o cuatro rajitas de merluza; el arroz con leche; y, por último, la tarta de almendra, tan rica, que me hizo Flora. ¡Ah! Y de postre, las manzanas aquéllas, tan sabrosas de reineta, que me ha regalado el señor Segundo, de su pomarada. Pero sólo comería una docena...

Carmina: Sí que tienes buen apetito, tío. ¿Siempre comiste así?

Paco: ¡Qué va! Es que este aire puro me abre mucho el apetito. Si hubiera comido siempre así, me reía yo de los 'rajás', de los 'jalás', de los 'jamalajás' y de los 'jamalamás'. *(Transición)* Oye, mira, preciosa; ahora que me acuerdo de los 'rajás', tráeme un cafetito de esos tan buenos que servís aquí. Anda.

Carmina: ¿Otro más? ¡Si ya vas tomando diez desde que comiste!...

Paco: No te preocupes. Es que no me quiero dormir, para respirar este ambiente tan agradable que me rodea. Quiero inspirarme y hacer poesías, que me gusta mucho. *(Toma otra copita)* Con el coñac me sienta muy bien.

Carmina: *(Cogiendo la botella y examinándola)* ¿Pero ya tienes mediada la botella que descorché para traértela aquí a la mesa?

Paco: No te preocupes, monada. Hay que festejar mi llegada a esta tierra tan hospitalaria.

Carmina: ¿Pero no decías que en Madrid estabas a régimen?

Paco: *(Aparte)* (¡Qué remedio me quedaba!) Es que allí hace un calor sofocante y se tiene poco apetito... *(Aparte)* (¡Aquellos cocidos diarios de a dos realitos!) Aquí, este ambiente tan saludable, abre demasiado el apetito. *(Bebe otra copa)*

Carmina: No bebas tanto coñac, que te vas a marear, y luego vienen visitas, como ayer, que te estuviste toda la tarde, después de comer, aflojando el cinturón delante de todos. Y tuve que avisarte yo, porque después desabrochaste el pantalón y ya ibas a desabrochar los calzoncillos...

Paco: ¡Si era por comodidad! Había comido mucho...

Carmina: Pero es de mal efecto, tío. Porque, vamos, que lo hayas hecho delante del señor cura, hasta cierto punto no tiene nada de particular, porque es un hombre; pero delante de las señoras que estaban con él es poco fino...

Paco: No te preocupes, que ahora he puesto tirantes. *(Transición)* Anda, tráeme otro cafetito, monada.

Carmina: Pero otro nada más, ¿eh? Que te va hacer daño tanto café. *(Mirando al papel que escribió Paco, que está sobre la mesa)* ¿A quién escribías, tío?

Paco: A nadie. Es que estoy inspirado y me da por escribir versos. Es una poesía que escribí.

Carmina: ¡Ah! ¿Pero eres poeta, también?

Paco: Muy malo. En Madrid escribía las coplas para los ciegos callejeros. Pero como eran ciegos y no los podían leer, pasaban. Pero la poesía siempre me ha gustado mucho. *(Poético)* La poesía es el sentir del corazón de quien la escribe. Es cierto encanto indefinible que embarga y suspende el ánimo...

Carmina: A ver, a ver. Déjame leerlos.

Paco: No, no. Esos no los puedes leer tú.

Carmina: ¿Tan malos son?

Paco: No... *(Disculpándose)* Es... que no entiendes mi letra. Además, están en borrador. *(No la deja cogerlos)*

Carmina: Déjame leerlos, que me gusta mucho leer versos. *(Coge de encima de la mesa la cuartilla que escribió Paco)*

46

Paco: ¡Mira que no te van a gustar! *(Forcejea con Carmina, que no se deja quitárselos)* Te va a pesar, y ya verás.

Carmina: *(Leyendo)* "A las dos"... ¿De qué habla? ¿De la hora de comer"

Paco: *(Ríe)* No, mujer. Es que está dedicada a Flora y a tí.

Carmina: *(Muy contenta)* A ver, a ver. Voy a leerla. *(Se sienta al lado de Paco, muy cariñosa, y lee)*

"A las dos"

Flora es planta de un país.
Su hermosura es verdadera.
Carmen, de huerto o jardín,
me alucina y me hechicera.

¡Huy! ¡Qué bonito!... A ver, a ver... *(Continúa leyendo)*

De una me enamoraría
y escogería la primera,
que es en la mitología
Diosa de la Primavera."

(Saca el pañuelo y seca una lágrima) ¿De modo que quieres a Flora más que a mí? Me haces pasar muchos celos, porque siempre te encuentro hablando con Flora muy entusiasmado.

Paco: Es que te lo parece a ti, tonta. Mira, ahora hace ya un rato grande que estoy hablando contigo. Lo mismo puede decir ella de ti. *(Transición)* ¿Qué bonita es la poética, eh? Y en un sitio delicioso, así como éste, suena mejor. *(En el foro, detrás de las matas, en lo que es la hacienda de Segundo, está Sergio, criado de aquél, que canta una tonada asturiana, con la siguiente letra)*

Sergio:

>Pa buenas mozas Proaza.
>Pa pequeñinas, Porceyo.
>Y pa guapa, la rapaza
>de Pravia, que yo 'corteyo'.

Paco: *(Que se había quedado, como Carmina, muy atento al cantar)* Oye, Carmina, ¿qué cantar es ese, tan bonito?

Carmina: Es una tonada asturiana.

Paco: ¡Qué hermoso es el cantar asturiano, chica! ¿Quién es el que canta?

Carmina: Es Sergio, el criado del señor Segundo, que estará ahí trabajando.

Paco: Oye. Dile que cante otro; anda.

Carmina: *(Vase hacia la mata y llama)* ¡Sergio!...

Sergio: *(Apareciendo por el otro lado de la mata)* ¿Quién me llama? ¡Ah! ¿Eres tú, Carmina? ¿Qué me quieres, guapa? *(Ve a Paco)* Buenas tardes, don Paco.

Carmina: Dice mi tío que le cantes otra tonada; que le gustó mucho la que acabas de cantar.

Sergio: Sí, hombre. ¡No faltaba más! Allá va. *(Canta detrás de la mata, dando cara a la escena)*

Por la senda del querer
dos mozas me van rondando;
sin llegar a comprender
que el alma me están robando.

¿Gustóle, don Paco?

Paco: *(Que se había quedado muy pensativo, oyendo el cantar)* Sí, hombre; mucho. Cantas bien, cantas.

Sergio: Cuando quiera que le cante otra, avíseme; que ahora no puedo pararme, porque me espera el amo y tengo que irme. Luego volveré y le cantaré más. Hasta luego. *(Vase)*

Paco: *(Exclamando)* ¡Es muy bonito el cantar asturiano!

Carmina: ¿Nunca lo oíste cantar?

Paco: Así, no.

Carmina: ¿No cantan así en Madrid?

Paco: No. Madrid no tiene cancionero propio. Allí se canta de todo.

Carmina: ¿Y qué cantar es el que más se canta allí?

Paco: ¡Bah! Allí el que más domina es el flamenco.

Carmina: ¿Y eso qué es?

Paco: El 'cante hondo'.

Carmina: ¿Y cómo es? ¿Cómo el nuestro?

Paco: ¡Qué va! Este de aquí es más viril, más recio, más de hombre.

Carmina: ¿Y cómo se canta eso que tú dices?

Paco: ¿Cómo te lo diría?... ¡Si yo no sé cantar!... Pues verás. Es... *(Pensando)* ¿Cómo te diría yo?... ¡Ah! Sí. Mira... *(Echándole un pellizco muy largo)*

49

Carmina: *(Quejándose)* ¡Ay!... ¡Ay!... ¡Ay!... ¡Ay!...

Paco: *(Ríe)* Pues así como lo cantas tú. ¿Ves?

Carmina: Eso ya se lo contaste a Flora varias veces, que la oí yo quejarse así. *(Ríe Paco)*

Flora: *(Entrando izquierda. Aparte)* (Hoy a Pachu le da por pellizcarnos.)

Paco: Mira qué oportunidad. Aquí viene Flora.

Flora: Oye, Pachu. Está el señor cura en casa. Quiere hablarte.

Paco: ¿Otra vez? Que venga acá. *(Carmina disimula, leyendo la poesía)*

Flora: Es que viene con doña Aurora, la señora de don Romualdo, el médico, para hablarte sobre un asunto de la iglesia.

Paco: Si ya le dije ayer que contase conmigo para la reparación esa que quiere hacer en la iglesia y para todo lo que haga falta... *(Aparte)* (Al cobrar será ello.)

Flora: Vete allá, hombre.

Paco: Que vengan ellos aquí.

Carmina: No vas a recibir aquí a doña Aurora. No es propio...

Paco: Bueno. Voy allá. Me están ya mareando tantas visitas. ¡Mira que voy recibiendo visitas estos días!... ¡Con lo a gusto y tranquilo que estoy aquí!

Flora: No debe extrañarte, pues tenían todos en el pueblo muchas ganas de conocerte.

Paco: Nada. Que estos están empeñados en que yo les arregle la iglesia. Los echo pronto. Ya

50

veréis. Esperarme, que enseguida vengo. *(Mutis rápido, izquierda)*

Flora: *(A Carmina, que se ha sentado en el sitio que dejó Paco, y que se ha quedado muy pensativa)* ¿En qué piensas, Carmina?

Carmina: No sé. Hoy estoy muy triste. No sé qué me pasa.

Flora: Es que tu tío te trae trastornada. Siempre andas tras él. Ya lo he notado yo.

Carmina: ¡Es tan simpático y tan agradable el tío Pachu!

Flora: Es muy ameno y muy gracioso. ¡Tiene unas ocurrencias!... Nos ha dado orden de que no dejemos de dar limosna y albergue por la noche a todos los pobres que pasen por aquí... Es igual que yo me lo imaginada. Te advierto que a mí me tiene encantada con sus cosas... *(Muy contenta)* ¡Se pasa tan bien el tiempo a su lado!...

Carmina: *(Muy triste)* Sí; pero a ti te quiere más que a mí.

Flora: Son figuraciones tuyas. Observé yo que te andas siempre escondiendo tras de los árboles, cuando nos ves juntos...

Carmina: No son figuraciones mías. Es que lo veo yo. Además, mira lo que escribió aquí. *(Le da a Flora la cuartilla que escribió Paco)*

Flora: *(La lee para sí, y, al final, hace una demostración de satisfacción)* Es que no tiene nada que hacer y se entretiene en eso. *(Le devuelve la cuartilla a Carmen y ésta la coloca sobre la mesa)*

51

Carmina: Sí; pero, como él ha dicho, "la poesía es el sentir del corazón de quien la escribe."

Paco: *(Saliendo nuevamente por la izquierda)* Ahora vienen a pedir para la fiesta sacramental. ¡Siempre pidiendo dinero! Lo más extraordinario del caso, es que los que vienen a pedir son los más ricos del pueblo...

Carmina: ¿Y qué vale eso, para el capital que tú tienes?

Paco: Nada. Nada. *(Aparte)* (Si esperan arreglar la iglesia y celebrar la fiesta sacramental con el dinero que yo les dé, están apañados.) Bueno, Carmina; ¿y ese café?...

Carmina: ¡Ah! Se me había olvidado...

Paco: Es que te acuerdas poco de mí.

Flora: ¿Qué quieres, otro café? *(Se dispone a irse, para traerlo)* Yo te lo traigo...

Carmina: No, tía; deje. Yo se lo traeré. *(Mutis izquierda)*

Flora: *(Sentándose al lado de Paco, y con mucha zalamería)* Pachu, ¿es verdad eso que dices en la poesía?

Paco: *(Cogiéndola de la cintura, muy cariñoso)* La poesía es el sentir del corazón. Es cierto, encanto sublime, indefinible, que embarga...

Flora: ¿Es seguro que me quieres de verdad?

Paco: Me lo ha dictado el corazón, lo he expresado con la pluma y quedó reflejado en ese papel que está sobre la mesa...

Flora: Y yo te lo demuestro a ti con el cariño tan grande que te profeso. *(Muy zalamera)* Yo también te quiero a ti, Pachu... *(Se cogen de las manos)*

Carmina: *(Aparece izquierda, con una taza de café en un platillo. Va mirando para éste. Al llegar cerca de Flora y Paco, que están muy embelesados, los ve y le caen al suelo la taza y el plato)* ¡Ah!... *(Da un pequeño grito)*

Paco: *(Disimulando la escena)* ¿Qué te pasa, mujer, por qué estás tan nerviosa?

Carmina: *(Disculpándose)* Es que... está en casa, preguntando por ti, el señor Matías, el de Villaflorida. Y me ha extrañado, porque está enemistado con mi padre, desde hace tiempo.

Paco: ¡Si yo no conozco a ese señor!...

Carmina: *(Recogiendo la taza y el plato del suelo)* ¿Qué le digo?

Flora: ¡Qué extraño! El señor Matías aquí...

Carmina: ¿Vas a recibirle?

Paco: Dile que venga otro día. Que estoy muy ocupado.

Carmina: Dice que precisa verte hoy, sin falta. Que no se va sin hablarte.

Paco: ¿También este vendrá a pedir dinero?

Flora: No. El señor Matías está bien. Tiene una buena hacienda. Es rico.

Carmina: ¿Vas tú allá, o le mando venir?

Paco: Yo ya no me muevo más de aquí. Que venga él si quiere. *(Mutis Carmina, izquierda)*

Flora: ¡Qué extraño! El señor Matías aquí. Entre él y Cefero hubo muchos disgustos. Están enemistados por un pleito que tuvieron.

53

Paco: ¿Cómo es de genio?

Flora: Es buena persona. Él y Cefero eran muy amigos. Lo que pasa es que en las aldeas se llevan mal muchas veces por cuestiones de haciendas o de ganados o por cualquier tontería. Ya viene hacia aquí. *(Entra en escena, por la izquierda, el señor Matías. Es un tipo simpático y bonachón)*

Matías: *(Con el sombrero en la mano)* ¿Es usted don Paco?

Paco: Paco, para servirle.

Matías: Es que quería hablar con usted sobre un asunto de familia.

Paco: *(Muy arrellanado en su asiento)* Si yo no soy de la familia… *(Dándose cuenta)* ¡Ah! Sí, hombre. Estoy a su disposición, para lo que quiera de mí.

Flora: Yo, con vuestro permiso, me voy; porque estoy aquí de más…

Matías: No estorbas nada, Flora. Lo que vengo a pedir lo puedes presenciar tú.

Paco: Pues mira, tráenos unos cafés para mí y para el señor Matías; y otra copa más. *(Mutis Flora, izquierda. Al señor Matías)* Siéntese, siéntese usted; y además queda invitado a tomar café aquí conmigo. Va a ver usted qué buen café se toma en esta casa.

Matías: Gracias. *(Se sienta)* Pues oí decir que era usted muy bueno y muy comprensivo y por eso me decidí a venir a verle.

54

Paco: Muchas gracias. Ya sabe que está usted aquí como si estuviera en su casa. Además, le agradezco la visita, aún sin conocerle.

Matías: ¡Cuántas veces, de pequeños, jugamos por aquí usted y yo! Yo ya era un poco 'mayolón', pero éramos muy amigos de travesuras. Pero usted era muy travieso.

Paco: Sí. Y todavía lo soy. Estoy hecho un sinvergüenza. No sé cuándo voy a tener formalidad y sentar la cabeza. *(Entra por la izquierda Flora, con el servicio de café, que sirve a Paco y a Matías)*

Matías: Éramos vecinos. Porque esta finca de más abajo fue nuestra, que hace poco la vendimos.

Paco: Pues es una buena finca esta de abajo.

Matías: Ya ve usted. Desde lo que nos pasó con Cefero, ya no podíamos vivir juntos.

Paco: Nada, hombre. Esas son cosas sin importancia. Se hacen las paces, y tan amigos.

Matías: Pero ya ve usted. Los hombres somos así.

Paco: Somos animales... racionales. Pero muchas veces somos muy animales. La humanidad debíamos llevarnos siempre como hermanos. Mejor que nos llevamos. Que para eso somos racionales.

Matías: Pues voy al asunto. Verá usted. La mi rapaza fue mucho tiempo novia de Juan de Cefero, su sobrino. Claro que esto era para hablarlo con Cefero; pero como estamos enemistados por el pleito que tuvimos, me tomé el atrevimiento de venir a hablarle a usted sobre el asunto, por tratarse de una persona también de la familia y comprensiva. Porque estas cosas hay que arreglarlas armoniosamente; que aquí no valen pleitos.

Flora: ¿Y qué tal están todos en casa, señor Matías?

Matías: Bien, bien. Es decir, disgustados con el asunto éste...

Paco: Será de poca importancia...

Matías: Pues verá usted, don Paco. Su sobrino, Juan de Cefero, estaba en amores con mi hija Erunda...

Paco: ¡Ah! ¿Son cuestiones de amores? ¡Creí que era otra cosa!...

Matías: Como le dije antes, se cortejaban hace tiempo. Que aunque las relaciones mías y de Cefero estaban enfriadas por el pleito que tuvimos, nada tenía que ver que se quisieran los 'rapazos'.

Paco: Nada, hombre. Que se enamoren dos jóvenes, nada tiene de particular. Que también yo, a mis años, me está pasando lo mismo. *(Mirando a Flora)* ¿Verdad, Flora?

Flora: *(Ruborizada)* Tú sabrás...

Matías: Pero lo peor del caso no es eso. Es que esos amores tuvieron consecuencias, y pronto mi hija será madre.

Flora: Mira, el 'cobardón' de Juan, qué callado lo tenía...

Paco: ¡Hombre! Eso ya cambia... Pero, bueno. Tiene fácil arreglo. Los casamos, y en paz. Y a ese, lo voy a espabilar yo.

Matías: Pues a eso es a lo que vengo. Su sobrino corteja ahora a Oliva la de Pepe Colás y parece que quiere echar a un lado lo de mi hija. Y esto no debe ser, don Paco. Por eso yo le ruego a usted hable con su cuñado y le exponga el caso.

Paco: ¿Y por qué tengo que ser yo? ¿Por qué no habla usted con Cefero, que es el padre del padre de la criatura?

Matías: Ya le dije lo que pasa entre nosotros. Y quiero que este asunto se arregle por las buenas, porque si no, entonces no respondo de lo que pasaría. Mi hijo Sindo juró que, de no arreglarse las cosas por las buenas, vengaría la deshonra de su hermana. Y entonces serían dos desgracias en la familia, don Paco. Que Sindo ve por los ojos de su hermana, y yo sé cómo se las gasta mi hijo.

Paco: Pues nada. Yo hablaré con Cefero y con mi sobrino y arreglaré el asunto. *(Flora sirve coñac en las copas)*

Matías: Yo se lo agradezco. Es usted muy bueno. Sé que le hacen caso en esta casa y lo que usted manda se hace, y que arreglará satisfactoriamente el asusto.

Paco: Nada, nada. Váyase usted tranquilo y dé el asunto por arreglado.

Matías: *(Muy contento)* No esperaba menos de usted. Que esta desgracia en una rapaza en un pueblo tan pequeño como el nuestro es de mucha trascendencia. O meterse en casa y no salir nunca más de ella, o marcharse de aquí y hacerse una desgraciada por esos mundos de Dios. Que ya cantan coplas por el pueblo a costa de ello y queda muy mal parada mi familia, don Paco.

Paco: Nada; nada. Váyase seguro de que todo se arreglará. Yo pondré en el caso todo el interés y lo solucionaré inmediatamente.

Matías: Muchas gracias, don Paco. En compensación a ello, festejaremos la alianza. Queda usted invitado a mi casa el domingo. Le espero allí a comer. Luego espitaremos el mejor tonel y haremos una fiesta a nuestro estilo. De todo me encargo yo. Lo pasará muy bien.

Paco: ¡Hombre, sí! No dejaré de asistir. Que a mí me gustan mucho las comilonas. Acepto. ¿Y habrá cantadores? Que también me gusta mucho oír las tonadas vuestras.

Matías: Si le gusta oír cantar, llevaré a los mejores cantadores. A Angelín de la Rivera, a Quico de Juan de Mena y a Jorge de Segundo, que son los que mejor cantan en todo el contorno. Y habrá gaita y tambor, que 'pa' eso soy yo muy 'tirao pa lante'.

Paco: Pues nada. Cuente conmigo, sin falta. Y lo de los chicos ya puede decirse que está arreglado.

Matías: *(Muy contento)* No esperaba menos de usted. *(Levantándose)* En sus manos lo dejo. Y ya sabe dónde estoy, para lo que pueda servirle. *(Dándole la mano)* Éramos muy amigos de

58

pequeños y desde ahora seremos más. ¿Verdad, don Paco? Y a Cefero, aunque hayamos tenido 'aquello', exprésele mi mayor amistad. Adiós, don Paco, y hasta el domingo, que lo hemos de pasar muy bien.

Paco: *(Frotándose las manos)* Vaya usted con Dios, hombre. Y ya iré bien temprano. A ver si tomamos las once juntos.

Matías: Descuide usted, que tergo buena despensa. *(A Flora)* Adiós, Flora. A ver si con esto hacemos las paces y juntamos de nuevo la familia.

Flora: Dios lo quiera, señor Matías *(Mutis Matías, izquierda)*

Paco: ¿Qué te parece, Flora, las comisiones que me caen a mí?

Flora: Esto tiene fácil arreglo. Cefero no estará enterado de ello y sé que lo arreglará casando enseguida a Juan con Erunda. Para eso es muy recto. Yo ya sabía que se cortejatan y que lo habían dejado; pero no sabía las consecuencias de esos amores. El señor Matías es muy buena persona.

Paco: Pues nada. Los casamos, y en paz. Ya lo arreglaré yo. Y haremos una boda de tronío, con un buen menú. Que también nosotros somos 'tirados pa lante', como el señor Matías. *(Coge de las manos a Flora, muy cariñosamente)* ¿Verdad, reina de musa poética? *(Viendo venir por la izquierda a Carmina y a don Jorge)* ¡Vaya!... Otra visita.

59

Carmina: *(Saliendo, izquierda, con don Jorge)* Aquí tiene usted a mi tío.

D. Jorge: Buenas tardes, señores. *(Dando la mano a Flora)* Tanto gusto en volver a saludarla. *(A Paco)* ¿Don Francisco García y García?

Paco: *(Se levanta y le da la mano)* Servidor... *(Aparte)* (¿Otro que viene a pedir dinero?)

Carmina: Es don Jorge, el abogado, que viene a saludarte.

Paco: Tanto gusto. *(Le invita a sentarse. Aparte)* (¿Qué abogado será este?... ¡Ay, mi madre!)

D. Jorge: He recibido su carta, anunciándome su venida y me acerqué a comunicárselo a su familia, con la grata sorpresa de que ya ha llegado usted antes que la carta. Me lo acaba de decir Carmina, su sobrina.

Paco: *(Confuso)* ¿Qué carta? *(Disculpándose)* ¡Ah! Sí. *(Aparte)* (¡Ay, mi agüela! ¡Esto se complica!) Ya no me acordaba...

D. Jorge: Cuando me dijo su sobrina que ya estaba usted aquí, no me extrañó, porque estoy enterado de sus simpáticas originalidades.

Paco: *(Buscando disculpas)* Así es... Es que le dejé la carta, cerrada ya y franqueada, a un amigo, para que la echara al correo unos días después de mi partida. Son cosas... raras mías... *(Aparte)* (Que va a venir el otro y me va aguar la fiesta. ¡Ya toca a fin tanta ventura, Paco!)

D. Jorge: *(Riendo)* ¿Y qué tal se pasa por aquí, por su tierra, don Francisco?

Paco: Muy bien. Estupendamente. *(Aparte)* (Hasta ahora) Esta gente me trata a cuerpo de rey.

D. Jorge: Pues cuando usted quiera procederemos al asunto de la repartición de bienes. Pero no he venido hoy a eso, exclusivamente. Ya le dije que venía a comunicar a su familia su llegada. Pero ya que le encuentro aquí, aprovecho la ocasión para ofrecerme a usted en cuanto quiera de mí y pueda serle útil. Que ya sabe estoy a las órdenes de ustedes. Tenía muchísimas ganas de saludarle.

Paco: Muchas gracias. Y de... 'eso', no hay prisa. Yo no tengo derecho a nada. *(Disculpándose)* Es decir, no me hace falta nada. Pero, en fin, ya hablaremos. Tiempo hay. Eso lo aplazaremos por ahora. Que quiero descansar unos cuántos días.

D. Jorge: Nada. Cuando ustedes quieran. ¿Y qué tal ha dejado usted a Madrid? ¿Sigue, como siempre, tan divertido, tan alegre?

Paco: ¿Ha estado usted allí?

D. Jorge: Sí. En mis años de estudiante. Allí conocí, precisamente, en mis años mozos, a la que hoy es mi esposa. *(Carmina hace mutis izquierda, con los servicios del café)*

Flora: *(Exclamando)* ¡Ay, qué ganas tengo de ver ese Madrid tan grande!

Paco: *(Aparte)* (Yo sí que me parece que lo voy a volver a ver muy pronto.) *(A don Jorge)* Pues aquello sigue siendo un hormiguero humano. Mucha gente, mucha diversión, mucha música,

61

mucha luz, mucha alegría, mucho vivir del 'cuento'... *(Aparte)* (Como yo ahora.) La gente allí no piensa más que en negocios y en diversiones. Para la gente moza, aquello es encantador: Teatros, cines, dang-zings, cafés, bares, tabernas... Allí, bien o mal, vive 'bien' todo el mundo, trabaje o no trabaje. Es un 'país' la mar de extraordinario. Lo hay quien está veinticuatro horas diarias trabajando para no trabajar. Gachó que se tira todo el día en la Puerta del Sol, vendiendo gomas para paraguas, allí que casi nunca llueve, para vender una o dos. Total: tres gordas. Pero a nuestra edad, ya nos tira la tranquilidad. Somos gente de mucho mundo y buscamos ya el sosiego. Por eso le digo que me encuentro muy bien aquí.

D. Jorge: *(Ríe)* Tiene usted muchísima razón. Así es. *(Levantándose)* Me voy. He tenido mucho placer en saludarle y sobre todo en conocerle, que tenía ya gran interés. Reconózcame por un servidor, mándeme lo que guste y hasta cuando quieran ustedes. Ya saben que estoy a sus órdenes siempre. *(Da la mano a Flora)* Adiós, doña Flora. Siga usted bien, don Francisco. *(Se dan la mano)*

Flora: ¿Le acompaño hasta la casa, don Jorge?

D. Jorge: No hace falta. Ya sé yo andar por aquí. Adiós. *(Mutis, izquierda)*

Paco: Adiós *(Aparte)* (Esta visita no me ha gustado nada.)

Flora: Adiós, don Jorge.

Paco: A ver si nos van a dejar en paz. No hemos tenido hoy la tarde tranquila. *(Cogiendo de las manos a Flora)* ¿Me quieres mucho, 'Diosa de la Primavera'?

Flora: *(Muy zalamera)* Mucho… Pachín…

Paco: *(Mirando a la derecha)* Oye, ¿qué es aquél resplandor tan rojizo?

Flora: La puesta del sol. Es un panorama encantador y hermoso. Todas las tardes a esta hora, se presencia. Se ve muy bien desde este monte que está al final de la pomarada.

Paco: *(Levantándose y llevando de las manos a Flora)* Ven. Vamos a verlo desde allí, tú que sabes desde dónde se ve mejor. *(Hacen mutis derecha, muy amartelados, cogidos de la cintura)*

Carmina: *(Sale Carmina izquierda, y se queda pensativa tras un árbol, presenciando la marcha de Paco y Flora. Luego de que se han ido, se sienta en el sitio que dejó Paco, coge de la mesa la cuartilla, y lee)*

…A la primera escogiera,
que es en la mitología
Diosa de la Primavera.

(Se pone a llorar, con su cuartilla en la mano y apoyado el cuerpo sobre la mesa. Canta Sergio dentro)

Ya la tarde va marchando.
Ya se acaba la labor.
Ya la 'neña' está llorando.

Ya se deshojó la flor.

TELÓN LENTO

ACTO TERCERO

Igual decoración que en el acto primero. Es, también, media mañana.

(Están en escena Flora y Pachu. Aquella, sentada en el banco, cosiendo, y Cefero frente a ella, liando un pitillo)

Cefero: Ya me contó Carmina... *(Con socarronería)* Me dijo que tú y Pachu...

Flora: Sí, Cefero; es verdad. Contigo no quiero tener secretos. Este día me dijo que quería sentar la cabeza ya de una vez. Que no quería correr ya más solo por el mundo. Que aquí, a mi lado, se encontraba muy bien y muy a gusto y que quería tener una compañera para llevar mejor la vida juntos. Concretamente, me dijo que la ilusión de toda su vida era que, de casarse, se casaría con una viuda. Parece ser que yo le agrado. Y, a decir verdad, él a mí me encanta.

Cefero: No, si a mí no me parece mal; al contrario. Hace ya más de cinco años que se te ha muerto Fernando. Eres aún joven y nada tiene de particular. Él es soltero y rico y está solo, y no le vendrá mal casarse. Es más, como expresa el dicho vulgar, así 'todo se quedaría en casa'. Y cuando hagamos las particiones, entre las tuyas y las de él juntáis un buen capital en bienes...

65

Flora: Lo mismo me dice él. Es más; dice que como a él no le hacen falta, me deja para mí las que hubieran de corresponderle a él.

Cefero: Pues nada, mujer; me parece muy bien. Si no fuera así, cuando hiciéramos las particiones y estuvieses tú en posesión de tus bienes, ya tendrías, de sobra, quien te rondase; pero, acaso, más por el interés que por tí. Pachu es rico, y no va por ese lado…

Flora: Y yo le tengo mucho cariño, porque se hace querer.

Cefero: Pues nada, nada. Te repito que me parece muy bien. Bueno, mujer; enhorabuena. *(Transición)* Voy a echarle una mano en la labor a Colás. Si alguien pregunta por mí, estoy ahí en la pradera. A ver si acabamos pronto de recoger la hierba. Hasta ahora. *(Mutis por la derecha)*

Flora: Hasta ahora, Cefero. *(Canturrea, muy contenta. Recoge la costura y vase por la izquierda, a la casa. Aparece por el foro izquierda Pachu, mirando a todas partes, y se queda en el centro, detrás de la 'portiella', o portillo. Viene elegantemente vestido. Su porte es distinguido y su carácter bonachón y simpático; incapaz de hacer daño a una mosca. Trae en una mano una pequeña maleta y en la otra un maletín de viaje. Deja ambos en el suelo.)*

Pachu: Ya voy recordando algo… *(Haciendo memoria)* Esta es la 'caleya' por donde yo tanto corría, montándome en los carros que iban a la hierba… El hórreo, a donde yo me subía… La

66

corrada, donde tanto jugaba... Sí; es aquí, seguramente. A nadie conozco ni nadie me conoce en este pueblo de Villahermosa. He hablado con varios paisanos y ni sospechan de mí. *(Abriendo la 'portiella')* Y la misma 'portiella'. *(Coge las maletas, entra y se queda en el centro de la escena, colocando, de nuevo, las maletas en el suelo, y lía un pitillo)* Y no hay nadie por aquí. Claro; aparte del abogado, a nadie he avisado y nadie me espera. Esperemos a que salga o entre alguien. *(Se sienta en el banco y fuma tranquilamente)* Y he llegado con un día encantador. ¡Qué día más espléndido! Vuelvo a recordar de cerca a mi tierrina amada, viviéndola de nuevo. Y es igual que yo me la figuraba siempre, a pesar de haber faltado de aquí tantos años y de ausentarme de tan pequeño. Lo voy conociendo todo. *(Mira lo que le rodea)* Las cosas que se ven de chico no se olvidan nunca. *(Contemplando ahora el paisaje)* ¡Qué campos! ¡Qué panorama! ¡Qué paisaje, qué campiña más hermosos! Esto es precioso. Lo que yo dije siempre: Asturias es encantadora. Asturias es un edén, un paraíso. ¡Qué sol, qué verdor, qué praderas, qué montes, qué valles, qué aroma de los campos!... Nunca me cansaré de repetir aquellos mis versos favoritos: *(Exclamando)*

Asturias, patria querida;
Asturias de mis amores,

67

no podrás ser definida
ni en pintura ni en canciones;
que eres tierra preferida
de España, entre sus regiones.

(Transición) ¡Hombre! Al que tengo ganas de conocer es al otro tío. Al otro yo. ¿Quién será ese sinvergüenza que se hace pasar aquí por mí? *(Riendo)* Tiene gracia…

Carmina: *(Sale izquierda, de la casa y se queda a la puerta, mirando detenidamente a Pachu)* Buenos días, señor. ¿Pregunta usted por alguien?

Pachu: *(Aparte)* (¡Hermosa muchacha!) *(Disculpándose)* Sí… Vengo preguntando por unos parientes que tengo aquí en Villahermosa. Pero ando casi desorientado. No conozco bien estos lugares…

Carmina: ¿Por quién pregunta?

Pachu: Por… No sé… No sé cómo decírtelo, muchacha. *(Pensativo y mirándola fijamente)* Oye. ¿Cómo te llamas?

Carmina: Carmina…

Pachu: *(Aparte)* (¡Y qué simpática es!) Dime otra vez, ¿cómo te llamas?

Carmina: Carmina…

Pachu: *(Aparte)* (Carmen se llamaba mi madre.) ¿Cuántos años tienes?

Carmina: Veinte…

Pachu: *(Pensativo)* Veinte años. ¿Cómo te apellidas?

Carmina: García.

Pachu: García… ¿Y qué más?

Carmina: Y García.

Pachu: *(Aparte)* (No hay duda. Pertenece a mi dinastía de los Garcías.) *(Con marcado interés)* ¿Tienes abuelos?

Carmina: No, señor. Se me han muerto.

Pachu: ¿Cómo se llamaban?

Carmina: Un abuelo, Fernando. Y la abuela Carmen, como yo.

Pachu: *(También con interés)* ¿Y tu padre?

Carmina: Cefero.

Pachu: ¿Y tu madre?

Carmina: También como yo y como la abuela.

Pachu: *(Muy contento. Aparte)* (¡Sobrina mía!) *(La abraza fuertemente y la besa, fraternalmente en la frente)* ¿No me conoces a mí? ¿No sabes quién soy?

Carmina: No, señor.

Pachu: ¿No me parezco a nadie?

Carmina: No sé a quién puede parecerse. *(Recordando)* Se da usted un aire a no sé quién...

Pachu: Eres muy bonita. *(La coge de una mano y la sienta su lado)* ¿Quieres que te haga un regalo?

Carmina: ¿De qué?

Pachu: Mira. En este maletín traigo muchos regalos. Tráemelo. *(Lo hace Carmina. Abre Pachu el maletín y escoge en él)*

Carmina: ¡Huy! ¡Cuántas joyas! ¡Cuántas alhajas, más hermosas!...

Pachu: ¿Te gustan?

Carmina: ¡Mucho!... ¡Qué bonitas!...

Pachu: Trae la mano. *(Escoge de entre las alhajas una sortija y se la coloca en el dedo)* Este regalo es para ti. Es el primero que hago de todos los que traigo, ¿Te gusta?

Carmina: ¡Qué precioso! *(Lo mira, muy contenta)* ¿Y usted, quién es?

Pachu: Ya te lo diré. ¿Tienes más hermanos?

Carmina: Otro.

Pachu: ¿Cómo se llama?

Carmina: Juan.

Pachu: *(Aparte)* (Mi otro abuelo se llamaba Juan) ¿No hay aquí chicos pequeños?

Carmina: No. Yo soy la más pequeña.

Pachu: *(Cogiéndola de las manos, muy cariñosamente)* Y la más guapa...

Carmina: *(Aparte)* (¡Qué señor más simpático!) Pero dígame usted quién es.

Pachu: Pues... (Buscando una disculpa) Yo soy... Yo soy...

Carmina: ¿Amigo de mi tío Pachu?

Pachu: *(Extrañado)* ¿De tu tío Pachu?... ¿De qué tío Pachu?...

Carmina: El que estuvo tanto tiempo ausente y que vino de Madrid.

Pachu: *(Aparte)* (¡Aquí está el 'pájaro'!) ¿El que vino de Madrid?

Carmina: Sí. Hace unos días...

Pachu: *(Riendo)* ¿Que... vino... hace...? *(Aparte)* (¡Tiene gracia!)

Carmina: ¿Quiere usted que lo llame?

Pachu: Pero, ¿está aquí?

Carmina: Sí.

Pachu: *(Aparte)* (Tengo ya ganas de conocer a este sinvergüenza)

Carmina: Está aquí, en casa, con mi tía. Precisamente, está ahora tomando las once, como él dice. Vino con unas ganas de comer atroces. Lo voy a llamar. ¿Quién digo que le llama?

Pachu: No sé... No sé... Que está aquí... No sé.

Carmina: Un amigo suyo, ¿verdad? ¡Voy corriendo! *(Medio mutis. Aparte)* (Este señor sí que es simpático. Me cae mucho más simpático que mi tío, no sé por qué) *(Mutis, corriendo, izquierda, a la casa)*

Pachu: Efectivamente, aquí es. Esta es mi casa. Vuelvo de nuevo a ella, después de treinta años de ausencia. Y con un día espléndido, para que pueda saborear mejor los encantos y las bellezas de mi querida 'tierrina'. Nada lo extraño. ¡Pero qué placer he experimentado al pasar bajo esas arboledas, esos caminos estrechos, oliendo a tomillo y a hierbabuena! *(Transición)* Lo que más me extraña es que ya haya venido yo, como dice esta muchacha, que debe ser mi sobrina. *(Riendo)* ¡Si habré venido yo, sin darme cuenta y ahora ando preguntando por mí!... O es que el abogado me quiere tomar el pelo. Veamos a ver quién es ese 'yo'. O es que estaré trastornado y no sé lo que me pasa... *(Sale de casa Paco, con una*

71

servilleta puesta al cuello, y masticando con la boca.
Delante de él sale Carmina)

Carmina: Este señor es el que pregunta por ti.

Paco: *(Se queda a la puerta, mirando un momento, extrañado a Pachu. Y éste hace lo mismo con Paco)* ¡Hombre, don Paco!... *(Acude a abrazarle)* ¿Cómo por aquí, hombre?

Pachu: ¡Amigo Paco!... *(Se abrazan fuertemente. Aparte)* (Y el pájaro es mi buen amigo. ¡Vaya cara dura!)

Carmina: *(Con mucha naturalidad)* ¡Ah! Ya se conocen. *(A Paco)* ¿Se va a quedar este señor aquí, en casa?

Paco: ¡Naturalmente! En mi casa. ¡Si es un gran amigo mío y asturiano cien por cien!... *(A Pachu)* Ya sabe usted que esta casa es su casa.

Carmina: ¿Llevo estas maletas dentro, tío?

Paco: Sí, mujer, sí. Éntralas en mis habitaciones.

Carmina: *(Mostrándole el maletín, abierto, a Pachu)* Oiga, señor. ¿No cierra el maletín?

Pachu: No hace falta, mujer. Estoy en una casa de confianza.

Carmina: *(Haciendo mutis hacia la casa, con las maletas, muy contenta. Aparte)* (¡Este señor sí que es simpático! Y debe ser, también, muy rico.)

Paco: Pero siéntese, hombre. ¿Qué me cuenta usted? ¿Y cómo por aquí? ¿A dar una vuelta por su 'tierrina', como usted dice, eh? ¡Y qué razón tenía usted de que esta tierra era encantadora, hermosa, admirable! Y además hospitalaria por demás. ¡Hay que ver lo bien recibido que fui yo aquí y lo bien que me están tratando!…

Pachu: Ya me han dicho que estabas aquí… *(Disimulando)* Digo… ¿qué tal marchas por aquí? ¿Cómo van tus negocios? ¿Has vendido ya mucho?

Paco: ¿Qué negocio? ¿El de la chatarra esa…? *(Señalando a los dedos, por las sortijas, y a las orejas, por los pendientes)* ¡Ah! Nada… Eso nada. Ni me he estrenado, ni me interesa. *(Al oído de Pachu, con mucho secreto)* El verdadero negocio es que me caí aquí a vender, se empeñaron en que yo era tío de ellos, no me dejaron explicarme, acepté a serlo y aquí me tiene, explotando el 'negocio', dándome una vida 'padre', comiendo como los 'ángeles', tratado a cuerpo de rey, y 'servido en bandeja'. ¿Le parece poco negocio?

Pachu: ¡Vaya un tío que estás hecho! *(Ríe y le atiza un puñetazo en la barriga)*

Paco: ¡Ah! Y me voy a casar con una viudita, que está de 'buten' y que va a heredar mucha 'tela'… La traigo 'mochales perdía'. Y hasta la sobrina me andaba rondando. *(Dándose importancia)* ¡Hasta se agarraban las dos por mí!…

Pachu: *(Riendo)* ¡Tiene gracia!… *(Dándole otro puñetazo en la barriga)* ¡Tú, tan sinvergüenza como siempre! *(Transición)* Oye: Te encuentro mucho más gordo, chico…

Paco: ¡Pocas gracias! ¡Hay que ver lo que como! Como que los sinvergüenzas somos los que

73

mejor vivimos. Un hombre con vergüenza no va a ninguna parte ni nadie le hace caso. Pierde el tiempo. Palabra.

Pachu: Ya; ya lo veo. El cemento armado a tu lado se derrite. *(Transición)* Pero es que ahora eres un impostor...

Paco: ¡Si fueron ellos! Se empeñaron todos en que yo era el que esperaban. *(Ríe Pachu. Invitándole a sentarse)* Pero siéntese usted, don Paco, que está usted en su casa. *(Se sientan)*

Pachu: *(Aparte)* (Eso ya lo sé) *(Sonriente)* ¿Y quién será ese tío que se empeñan eres tú?

Paco: Por lo que saco en consecuencia, debe ser un 'chalao perdío' y un tío rarísimo, original y excéntrico. Y creo que tiene mucha 'tela'. Pero debe estar 'majareta mochales', por lo que yo deduzco y que me atribuyen a mí. Resulta que coincide que yo me llamo y apellido de ambos apellidos como él y que está en Madrid, de donde yo vine, como usted sabe...

Pachu: Estos son inconvenientes de haber tantísimos Garcías en España.

Paco: Y tantos 'Pacos'. Sí que es coincidencia.

Pachu: Y, si por casualidad, se presentase aquí el verdadero tío, tú ¿qué harías? *(Con segundas)*

Paco: Pues pedirle perdón, darle mil excusas y otra vez por el mundo...

Pachu: *(Sonriente)* ¿Y si te rompiera la cara de un puñetazo...?

Paco: *(Con mucha naturalidad)* No. No haga usted caso. Da uno siempre con muy buena gente...

74

(Transición) Y usted, ¿a qué ha venido por aquí, don Paco...? ¿Tiene familiares en este pueblo?

Pachu: Sí... Vine a tomar posesión de mi casa...

Paco: Eso ya se lo dije yo antes: que estaba usted aquí como en su casa. *(Transición)* Ya sabe usted que es uno muy pobre, pero muy cortés y condescendiente. Eso sí.

Pachu: ¿Y qué tal es esta gente?

Paco: Buenísimos. Unos verdaderos santos: cariñosos, amables, atentos, serviciales, afables... A mí me quieren mucho y no saben dónde ponerme. Se conoce que a ese tío que esperan lo quieren de verdad.

Pachu: Me alegra saberlo. Y tú, ¿cuánto tiempo piensas estar aquí, explotando este cuento?

Paco: Todo lo que pueda. Hasta que venga el 'chalao' ese. *(Dándole un medio abrazo a Pachu)* Y lo peor no es eso, don Paco. *(Muy romántico)* Lo peor es que estoy enamorado de esta mujer. Se lo digo a usted de verdad. Me entró aquí... *(Señalando al corazón)* y va a serme muy difícil ya echarla. ¡Quiera Dios que ese hombre tarde en venir y me coja ya casado con ella!... *(Secando una lágrima con el pañuelo)* Ya ve usted en qué circunstancias entró una mujer en mi corazón...

Pachu: ¿Y tú estás de verdad enamorado de esta mujer?

Paco: Ya sabe usted que siempre le he tratado con respeto, y esto se lo digo también de todo corazón.

Pachu: Y ella, si se llegase a descubrir este enredo, ¿te querría igual?

Paco: Lo mismo. Ya sé lo he insinuado yo varias veces.

Pachu: Bueno. ¿Me das cobijo aquí en tu casa por unos días?

Paco: ¡Hombre! Don Paco, eso no se pregunta. ¡No faltaba más! Lo mando yo y basta. Lo que yo digo en esta casa es el Código.

Pachu: Pero con una condición.

Paco: ¿Cuál?

Pachu: Que has de tutearse en lo sucesivo. Que se crean aquí de verdad que somos dos amigos íntimos de toda la vida. Y tú para mí serás Pachu y yo para tí seré Paco. Dos tocayos, ¿eh?

Paco: Es verdad que nos llamamos igual. Conforme. Luego pasaremos adentro, a tomar algo, que aquí hay que comer de 'buten', y de paso te presentaré a la familia. Después te enseñaré todo esto. Es una finca preciosa. Ya te contaré. Ya te contaré.

Pachu: ¿De modo que te encuentras bien aquí, eh? *(Dándole un manotazo muy fuerte en la rodilla)* Bueno, hombre; bueno.

Paco: *(Quejándose)* ¡Ay!... *(Sonriente)* Ya te dije que formidablemente. Con odaliscas y todo, que me sirven el café.

Pachu: Oye. ¿Y quién es esa chica, tan guapa, que estaba aquí ahora?

Paco: Mi sobrina. Es decir, la sobrina del idiota ese de quien te hablaba...

Pachu: *(Dándole ahora un puñetazo donde antes)* Bueno, hombre; bueno.

Paco: *(Quejándose)* ¡Ay!... *(Sonriente)* Pues verás cuando te presente a la tía, mi novia. ¡Está 'jamón serrano'!... A las dos las traigo 'mochales'...

Pachu: *(Atizándole otro golpe, como antes)* ¡Estás hecho un 'castigador'! ¡Vaya un 'tío' que estás hecho! *(Sonríe)*

Paco: *(Quejándose)* ¡Ay!... *(Sonriente. Aparte)* (¡Qué 'golpes' tiene!) *(Transición)* ¡Y vaya vida que me estoy dando aquí, tocayo! Tenías tú razón. ¡No hay país como este!... *(Nueva transición)* Y tú, ¿qué? ¿Sigues con tus conquistas en Madrid? ¡Tú sí que eres un 'tío' castigando!...

Pachu: Me he retirado ya de todo eso. Aquella vida desenfrenada de Madrid ya me hastía. Me cansé de Madrid y he decidido venirme a mi tierra ya para siempre, a hacerme una persona formal... 'como tú'.

Paco: ¡Vaya 'tío' que estabas hecho tú, también! ¡Aquellas broncas que armabas en Villa-Rosa y en Eritaña y en Albaicín, entre 'flamencos' y 'gachises'!...

Pachu: Que estaba ocioso. Que me sobra el dinero y en algo tenía que emplearlo. Pero todo eso ya se terminó para siempre. Ahora, aquí, en mi tierra, a ser una persona formal. Quiero tranquilidad y sosiego. Vengo, como tú, a sentar la cabeza.

Paco: A ver si te va a pasar a ti lo que a mí: que después de tratar a tantas mujeres, te vas a enamorar de la primer aldeana que se te pone delante.

Pachu: ¡Hombre! No vas descaminado. Esa muchacha de antes, dejóme un poco embobado.

Paco: Es una criatura muy simpática. *(Viéndola que viene hacia escena)* Aquí viene otra vez. ¡Y vaya si tiene 'salero'!

Carmina: *(Saliendo, izquierda)* Tío, ya he colocado todo eso en tu habitación. ¡Vaya cosas preciosas que trae tu amigo en el maletín!...

Paco: Pero, ¡cómo! ¿Ya has andado en él? ¡Qué curiosonas sois las mujeres!

Carmina: Estaba abierto. Además, me las ha enseñado él antes. ¿Verdad, señor? Tiene más gusto que tú para comprar alhajas. Mira qué sortija más bonita me ha regalado.

Paco: A ver. *(Cogiéndole la mano)* Sí que es una preciosidad. Es un brillante. Y bueno, de verdad...

Carmina: Ha sido más espléndido que tú, que no has regalado nada de tanto como has traído...

Paco: *(Echando una mirada a Pachu, que ríe)* Si no me ha dado tiempo... Ya os regalaré alguna cosa...

Carmina: Eres un 'tío roñoso'.

Pachu: *(A Carmina)* A ver cómo te está. *(Le da la mano Carmina, y Pachu se la coge con mucha ternura)*

78

Tienes una nano muy bonita. Y tú también eres muy bonita. ¿Tienes novio?

Carmina: No...

Pachu: ¿Y cómo no tienes novio, siendo tan guapina? Me extraña...

Carmina: Porque no me gustan los mozos de aquí.

Pachu: Entonces, ¿de dónde te gustan?

Carmina: Yo qué sé...

Pachu: Eres muy simpática...

Carmina: Gracias. Y usted, ¿cómo se llama?

Pachu: Paco, como tu tío.

Carmina: ¡Qué casualidad!

Pachu: Somos tocayos. *(Ríe)*

Paco: Mira, márchate dentro, que tenemos mucho que hablar mi amigo y yo. Anda.

Carmina: *(Dándole una palmada fuerte en la cara a Paco)* Tío roñoso, que eres un tío roñoso. No te pareces a tu amigo, que es más arrogante que tú. *(Mutis rápido hacia la casa)*

Pachu: ¡Es un encanto mi sobrina!... Digo, tu sobrina...

Paco: La tía sí que es algo serio. Ya te la presentaré. Me tiene 'mochales'.

Pachu: ¡Valiente sinvergüenza estás tú hecho!

Paco: Ahora estoy muy desconocido. He formalizado mucho estos días. Ya te contaré.

Flora: *(Saliendo de la casa)* Pachu... *(Ve a Pachu)* Buenos días. *(A Paco)* Te está enfriando aquello...

Paco: *(A Pachu)* Voy a presentarte a mi cuñada, hoy mi novia, Flora. *(A Flora)* Aquí, un íntimo amigo mío, de Madrid y asturiano…

Flora: *(Dándole la mano)* Tanto gusto.

Pachu: *(Alargando también la mano a Flora)* Igualmente. Me estaba hablando ahora, precisamente, mi amigo de usted…

Flora: *(A Paco)* ¡Cómo se parece a tu hermano Fernando!…

Paco: *(En broma)* Pero mi hermano, tu difunto marido, no era tan sinvergüenza como él. Porque este es un tío sinvergüenza. ¡Es de órdago!

Pachu: *(Echándole un pellizco)* ¡Fuí!…

Paco: *(Quejándose)* ¡Ay!… *(Sonriendo)* ¡Hay que ver!…

Flora: ¿Y dice que es usted asturiano?

Pachu: Sí.

Flora: ¿De qué parte?

Pachu: De por aquí.

Flora: ¿De este mismo pueblo?

Pachu: *(Señalando con el dedo en el suelo)* Sí. De por aquí cerca. Pero hace ya muchos años que falto de aquí. Ya nadie me conoce en el pueblo.

Flora: Entonces, ¿dónde estuvo? ¿En América?

Pachu: Sí. De muy chico me fui.

Flora: De aquí se marchaban todos de muy pequeños entonces para América. *(Por Paco)* Como este 'sinvergüenza', que hasta ahora no dio cuenta de sí. *(Pachu le echa un fuerte pellizco a Paco)*

Paco: *(Quejándose)* ¡Ay!... *(Sonriendo)* ¡Hay que ver lo vagabundos que somos, por eso, los hombres!...

Flora: Invita a tu amigo a tomar algo. Se te ocurre bien poco.

Paco: Anda, tocayo; vamos dentro, a tomar algo. Verás qué bien lo vas a pasar aquí, en mi casa. *(Cogiendo de un brazo a Pachu, y del otro a Flora, inician el mutis, hacia la casa)* Flora, has de descolgar otro jamón, como el que yo terminé hoy. Vamos a convidar a mi buen amigo de Madrid. *(Mutis, los tres a la casa. Pachu entra mirando a todas partes. Por el foro izquierda aparece Sindo, hijo de Matías. Es un muchachote fuerte y robusto. Va tocado de boina, traje oscuro, camisa blanca y faja encarnada. Mira a todas partes, buscando a alguien. Por la derecha, también del foro, viene Juan, con la chaqueta al hombro y en la mano un rastro o 'garabatu', sobre el otro hombro. Viene muy pensativo y preocupado)*

Sindo: *(Apoyándose en el portillo, e impidiéndole el paso)* Buenos días, Juan...

Juan: Buenos, Sindo. *(Acobardado)*

Sindo: ¿Ya sabrás que estuvo aquí mi padre, hablando con tu tío, sobre lo de mi hermana? Vino en plan de súplica. ¿Verías que se humilló a vosotros?

Juan: ¿Qué quieres decir?

Sindo: Que mi padre le habló a tu tío suplicante. Hoy vengo yo a hablarte a ti. Pero yo voy a exigirte.

81

Juan: ¿Qué es lo que quieres, Sindo?

Sindo: Mira. Tú también tienes una hermana sola, como yo. Y supongo que la querrás también como yo quiero a la mía. Si la abandonase el novio, después de haberla deshonrado, tú, ¿qué harías? *(Calla Juan)* Contesta. Me estás dando la razón con ese silencio. *(Juan baja la cabeza)* Abusando del cariño que te tenía mi hermana, y de su debilidad como mujer, ante tus súplicas la conseguiste. Y ahora quieres abandonarla. Eso es de cobardes, Juan. Lo noble, lo varonil, lo honrado es reparar esa falta. *(Pausa)* ¿Y quieres ahora echar tierra encima, cortejando a Oliva la de Pepe Colás? Eso no puede olvidarse, así como quiera. Ella pasa el día llorando, pero es porque no tiene otra arma con qué defenderse... ¿Qué decides?

Juan: Lo pensaré... Ahora tengo empeñada mi palabra con Oliva...

Sindo: Oliva no lo sabía. Se lo acabo de decir yo. Opina como yo. Es también una mujer, y discurre mejor que tú.

Juan: ¿Pero te atreviste...?

Sindo: Claro. Quería saber su intención. Como tú no se lo habías dicho, se lo conté yo. Te llamó cobarde, mala persona. Me dijo que también a ella la tenías engañada. Si fueras un hombre, se lo hubieras dicho, antes de comprometerte con ella, como era tu deber.

Juan: Yo hablaré con ella.

Sindo: No te recibirá. Además, ni con ella ni con mi hermana tienes que hablar ya. Con quien tienes que hacerlo ahora es conmigo. No se juega así con el honor de una mujer. Ya lo sabes: Vengo a exigirte, en buenos modos, que repares esa falta, que afecta también a toda mi familia.

Juan: Es que...

Sindo: ¿Qué? Argumenta. *(Calla Juan)* ¿Ves? No tienes defensa ninguna. Así como no meditaste para hacerlo, medita ahora lo que vas hacer. Y ya lo sabes: Piénsalo pronto, sino tendrás que vértelas conmigo; pero de hombre a hombre. Los hombres nos defendemos mejor. Y yo soy hombre de pocas palabras, pero ya te dije bastante. Mañana volveré a verte, para que me des la contestación. Si no llegamos a un acuerdo, traeré dos navajas, una para ti y otra para mí. Ya ves que no quiero llevarte ventaja. Entonces serán las armas las que decidirán. Ya veremos si eres un hombre. *(Inicia el mutis)* Piénsalo bien. Y si no, ya sabes. Me parece que yo te hablo a ti con honradez... Adiós, Juan. *(Mutis, izquierda. Avanza Juan hasta el centro de la escena, pensativo y preocupado. Se sienta en el banco, dejando a un lado la chaqueta y el rastro y lía un pitillo. Por la derecha sale Cefero, que le ve y se va hacia él)*

Cefero: ¿Estás ahí, Juan? *(Pausa)* A propósito, ¿Habló tu tío contigo?

Juan: Sí.

Cefero: ¿En qué quedásteis? *(Juan se encoge de hombros)* ¿Ya te dijo que estuvo aquí Matías, el padre de Erunda?

Juan: Sí.

Cefero: En concreto. Hay que reparar las consecuencias que tuviste de tus amores con su hija. Matías es una bella persona y su hija, Erunda, una buena rapaza. De modo que ya sabes…

Juan: Es que ahora estoy en relaciones con Oliva de Pepe Colás…

Cefero: Primero lo estuviste con Erunda. Además, lo manda tu tío y basta. Yo no tengo por qué darte más consejos ni más explicaciones. No quiero ya más discordias ni más disgustos con esa buena familia. Tú lo buscaste y tú lo repararás. Y si no, no pisarás más esta casa. Y, para terminar, ya lo sabes: lo manda tu tío. Hay que reparar el daño que has hecho, casándote con Erunda.

Juan: Es que estamos reñidos Erunda y yo.

Cefero: También yo lo estoy con su padre; y, sin embargo, comprendo la razón de reparar esa falta. Eso tiene fácil arreglo. Le das una satisfacción a Erunda, hacéis las paces, os casáis, y en paz. Y aquí tendrás mi casa; que de la otra manera ya sabes lo que te dije. A ver si yo, que te tenía por un 'cobardón', voy a suponer que me vas a resultar ahora otro 'don Juan Tenorio'. *(Ríe Cefero)*

Juan: Bueno. Pues háblele usted al señor Matías y dígale que estoy conforme. Que me casaré con su hija... *(Muy bajo, al oído de Cefero)* Pero háblele primero a Sindo.

Cefero: Sí, hombre, sí. A ver si te crees que me hieres en el amor propio. Hoy mismo iré a ver a su padre y haremos las paces y arreglaremos el asunto. Eso sí que no es ninguna deshonra. Al contrario, es una nobleza. Somos aldeanos, pero tenemos muestro honor. Trae esa mano. *(Se estrechan la mano)* Eres digno de ser hijo mío y de tener un buen tío como tu tío Pachu, que es el que más se interesa en este asunto.

Juan: Y yo voy a hablar con el tío Pachu y decirle que estamos todos de acuerdo. *(Inicia el mutis hacia la casa. Aparte)* (Este tío nos tiene hechizados a todos.) *(Mutis)*

Segundo: *(Apareciendo por el foro derecha, con una azada al hombro, se queda en el centro)* ¡Hola, Cefero! Ya estoy aquí otra vez. ¿Supiste ya lo de la mi 'gocha'? Parióme doce cochinos...

Cefero: Bueno, hombre; bueno. Enhorabuena, entoncces. Tú siempre con tus animales y con tus prados... ¿Vas ahora para casa?

Segundo: A casa voy.

Cefero: *(Riendo)* Pues voy contigo, a ver a la parida y a la familia. *(Inician los dos el mutis, foro izquierda)*

Segundo: Un parto de suerte, chico. *(Ríe Cefero)* ¿Le dijiste algo a tu cuñado sobre lo del prado de junto a la iglesia?... *(Mutis los dos izquierda. Salen de la casa Carmina y Pachu. Carmina tirando de la* *mano a Pachu. Éste mira a todas partes, como recordando los tiempos y cosas de su infancia)*

Carmina: Venga conmigo, que ahora le enseñaré la huerta y la pomarada y el gallinero y la cuadra...

Pachu: ¡Es precioso todo esto! *(Con malicia)* Ya se dará buena vida aquí el 'tío' ese... Digo, tu tío, ¿eh?

Carmina: Como que no piensa más que en eso: En darse buena vida y en comer y beber. Y que le sientan bien estos aires, como él dice, que le abren mucho el apetito.

Pachu: ¡Qué sinvergüenza!...

Carmina: ¿Qué?

Pachu: Que lo encuentro mucho más gordo...

Carmina: Dice que ya engordó quince kilos desde que vino.

Pachu: ¡Qué bárbaro!

Carmina: ¿Sabe usted lo que desayunó hoy?

Pachu: ¿Qué? Algo exagerado. Me lo figuro.

Carmina: Cerca de un kilo de jamón y media docena de huevos fritos y seis chocolates con picatostes.

Pachu: ¡Qué salvaje!

Carmina: Y ya vio usted lo que estaba comiendo ahora, para tomar las once, como él dice: Una tortilla de jamón, que hay que hacérsela en la sartén más grande que hay en la cocina.

Pachu: ¡Qué animal!

Carmina: Yo creí que mi tío era otra cosa... Me lo imaginaba de otro modo... Más fino, más elegante...

Pachu: ¿Este no es una persona! Es un elefante, y con cuatro estómagos, como los rumiantes.

Carmina: Yo, de oír hablar de sus rarezas, sentía hacia él un gran cariño e interés. Estaba enamorada de él, sin conocerlo. Me lo imaginaba de otro modo... Pero ya ve usted, se enamoró de mi tía. También mi tía, aún sin conocerlo, sentía como yo un gran cariño y afecto hacia él. Me lo decía a mí.

Pachu: *(Con interés)* Y si tu tío no se hubiese enamorado de tu tía y te hubiera preferido a ti, ¿te casarías con él?

Carmina: Le juro a usted que sí. Sentía, como le digo, hacia mi tío, sin conocerlo, y no sé por qué, un gran cariño.

Pachu: Pero tu tío te lleva muchos años...

Carmina: Diez años le llevaba mi padre a mi madre... Y don Santiago, un americano que vive aquí cerca, en ese chalet tan bonito, le lleva quince a Elena, su mujer, que se casó a los diecisiete.

Pachu: Pues ya ves; te ha ganado tu tía la partida.

Carmina: ¡Qué le vamos hacer!... *(Mirando la sortija)* Sin embargo, él, con ser tío, no nos regaló nada de tantas joyas como trae. Y usted, con sólo ser su amigo, me regaló a mí esta sortija tan bonita y el cofrecito de plata, y a mi tía esos pendientes tan hermosos y el joyero, también de plata, y a Juan y a mi padre los relojes de oro, tan valiosos, con sus cadenas, y las plumas estilográficas, también de oro. Y se ofreció usted ahora para padrino de boda de mi hermano, cosa que no se le ocurrió a él.

Pachu: Es que no piensa más que en comer. *(Ríe)* Bueno. ¿Me sigues enseñando todo esto?

Carmina: Sí, señor. Venga conmigo. *(Coge de la mano a Pachu y hacen mutis, muy joviales, derecha. Aparecen foro izquierda don Jorge, con una cartera bajo el brazo, y Cefero.)*

Cefero: Pues es muy extraño eso que usted me dice, don Jorge.

D. Jorge: Cuando se ha presentado esta mañana, bien temprano, en mi casa a saludarme, y a comunicarme su llegada, fui yo el primer sorprendido. Le dije que había estado aquí en casa hace pocos días, cuando recibí su carta anunciándome su venida, para comunicárselo a ustedes, y que me habían presentado al Francisco que esperaban, con quien estuve hablando un buen rato.

Cefero: ¡Qué caso más extraño!

D. Jorge: Pues hoy, cuando se presentó el verdadero pariente en casa, hablamos largo rato sobre la partición de bienes, y hasta él me firmó un documento haciendo dejación de todo lo que a él le correspondía para las partes restantes. Es más. Me preguntó qué terreno o prado era el más soleado y airoso de todos los que se iban a repartir. Yo le dije que el prado de junto a la iglesia, y me contestó que sólo se quedaría con ese terreno si se lo cedíais las otras partes. Que pensaba edificar un chaletito y establecerse allí para descansar en él el resto de su vida.

Cefero: *(Riendo)* ¡Ese prado era la ilusión del señor Segundo!

D. Jorge: *(Ríe también)* ¡Es famoso el señor Segundo! Pues, como le digo. Comprobé su firma luego que se fue con la de las cartas que de él recibí y es la misma. Es decir, que el verdadero Francisco que esperabais, llegó hoy. No sé quién pueda ser el otro que me presentasteis.

Cefero: Pues en casa está. Seguramente, comiendo, como siempre. ¡Entremos y desenredaremos el 'filón'! *(Mutis los dos, izquierda, hacia la casa. Salen, derecha, Pachu y Carmina)*

Pachu: Es delicioso todo esto, Carmina. *(Aparte)* (Me trae a la imaginación los tiempos lejanos de mi tierna infancia.) ¡Y qué pomarada más amplia y más hermosa! Es encantador todo esto.

Carmina: En ella se pasa mi tío las tardes, tomando cafés, copas de coñac y escribiéndonos poesías a mi tía y a mí.

Pachu: *(Riendo)* ¡Mira qué buena vida se da tu tiíto!…

Carmina: Y después, al atardecer, se van siempre él y mi tía al final de la pomarada, a ver la puesta del sol.

Pachu: ¡Vaya un romántico que se ha hecho! *(Ríe)*

Carmina: ¡Y qué desconfiado es! Que ha guardado el maletín de las joyas bajo llave y no quiere que nadie le toque en él. No se parece a usted en eso…

Pachu: *(Sonriendo)* Es que guarda en él toda su fortuna.

Carmina: ¡Si nos ha dicho que todo el dinero lo guarda en el Banco! *(Ríe Pachu. Sale izquierda, de la casa, con mucho sigilo, Paco, con el maletín bajo el brazo, las solapas levantadas y el sombrero calado. Ve a Pachu y a Carmina, que están a la derecha de la escena, y se marcha, muy despacio, y mirando a todas partes, para no ser visto ni notado por ellos.)*

Pachu: Ahora tengo mucho interés en que me lleves a ver el prado vuestro de junto a la iglesia, que me han ponderado mucho tus familiares… *(Al dar la vuelta para señalar al sitio donde está aquél, ve marcharse a Paco y se va hacia él, llamándole)* ¡Eh!… ¡Paco!… ¡Paco!… ¡Ven acá!… *(Corre hacia el foro, lo agarra de una oreja y le trae así, cómicamente, al centro de la escena)* ¿Cómo te vas sin decirme adiós, hombre? *(Sonríe Pachu)* Así, tan descortésmente…

Paco: *(Arrodillándose a los pies de Pachu)* Perdóneme, don Paco… *(Lo levanta Pachu)* Estoy ya enterado de todo… Me quería marchar, callando de todos, avergonzado de tanta osadía. Yo no sabía que usted era el… *(Cómicamente)* ¡Qué poco dura la alegría en la casa del pobre!…

Pachu: *(Dándole un capón)* ¡Qué bien haces la comedia, hombre!… Eres un actor consumado.

Paco: Perdóname tú también, Carmina. *(Vuelve a arrodillarse, ahora a los pies de Carmina, y lo levanta otra vez Pachu)* Perdóname tú también. *(Carmina está asustada y confusa)* Mira: tú verdadero tío es éste...

Carmina: *(Extrañada)* Pero, ¿qué quiere decir todo esto?...

Paco: En casa está el abogado, que lo ha descubierto todo.

Carmina: *(Confusa)* No entiendo...

Pachu: *(Haciéndole una seña a Paco)* Sí, sobrina; es verdad. Fue una extravagancia mía, que combinamos los dos, para ver qué tal sería yo recibido aquí en casa, entre vosotros. *(Paco lo mira sorprendido y atontado)* ¿Verdad, Paco? *(Paco no sabe qué contestar)* Ya creo sabíais las originalidades y extravagancias mías, y esta fue una de ellas.

Carmina: *(A Paco)* ¿Es verdad... tío?...

Paco: *(Cómicamente, dejando caer la cabeza sobre el pecho y mirando a Pachu, que le hace señas afirmativas)* ¡Sí; es verdad, Carmina...!

Carmina: *(Abrazando a Pachu)* ¡Tío!... ¡Tiíto!... *(Paco vuelve a iniciar el mutis, cómicamente)*

Pachu: ¡Que no te marches, te digo!... *(Da Paco la vuelta, asustado)* Y éste seguirá también siendo tu tío, porque se va a casar con tu tía Flora. Ahora tendrás dos tíos...

Carmina: ¡Pero qué tíos!... *(Cogiendo de una mano a Pachu)* ¿De modo que todo esto fue una combinación tuya...?

Pachu: Sí. Original mía. ¿Cumplirías ahora lo que dijiste antes de que te casarías de buena gana con tu tío?

Carmina: *(Abrazando a Pachu, muy contenta)* ¡Guasón... Que eres un guasón! *(Se queda cogida de las manos de Pachu, muy mimosa) (Salen, izquierda, de la casa, Cefero, Flora, don Jorge y Juan. Paco se esconde tras de Pachu, asiéndose fuertemente a él)*

Cefero: *(Abrazando fuertemente a Pachu)* ¡Pachu!... Ya nos ha contado don Jorge... Porque sospechamos que serás tú... *(Flora llora, llevándose el pañuelo a los ojos. Pachu, sonríe, muy amable)*

D. Jorge: *(Dándole su mano a Pachu)* Don Francisco... Siento haber sido yo...

Cefero: *(A Juan)* Abraza a tu verdadero tío. *(Se abrazan Pachu y Juan)*

Pachu: *(Por Paco)* Éste será, desde ahora, también tu tío. *(A Flora)* ¿Por qué lloras, Flora?

Flora: Porque ya lo tenía muy dentro de mi corazón...

Pachu: No te preocupes. Tu futuro no se va. Se queda aquí, entre nosotros. Todo esto fue una ocurrencia mía, una originalidad de las mías, tan características en mí. Lo he inventado yo todo. Nos quedaremos los dos aquí, para siempre...

Paco: *(Sorprendido)* ¿Pero es de verdad, don Paco?

Pachu: ¡Es una exigencia mía! *(Pachu coge la mano de Flora y la coloca sobre la de Paco)*

92

Paco: *(Tirando lejos el maletín y abrazando cómicamente a Pachu)* ¡Qué golpes tiene!

Carmina: ¿Y ya no os marcháis más?

Pachu: No. Se acabó ya nuestro deambular por el mundo. Después de tantos embates en el temporal de la vida, arribaremos en este puerto seguro. En esta encantadora aldea asturiana de Villahermosa. Y ahora, a ser formales, Paco…

Paco: *(Acariciando a Flora)* ¿Me perdonas, 'Diosa de la Primavera'?

Flora: *(Zalamera)* ¡Qué tíos estáis hechos los dos!

Pachu: Fuera de casa, los que andamos por el mundo, cuántas dichas, cuántas venturas, cuántos placeres experimentamos muchas veces; pero cuántas amarguras también. ¡Cuánto egoísmo humano se ve por el mundo! ¡Cuánta indiferencia entre los humanos! ¡Hay que ir por el mundo para conocerlo! *(A Paco)* ¿Verdad, Paco? *(Paco asiente con la cabeza)* Tú, qué quieres, ¿quedarte o marchar?

Paco: ¿Otra vez por el mundo? ¿Dónde mejor voy a estar que aquí? *(Se coge de una mano de Flora)*

Pachu: Haremos tres bodas de una vez, ¿verdad Juan? *(Juan sonríe. A Carmina)* ¿Cumplirás tu palabra, Carmina?

Carmina: *(Zalamera)* ¡Guasón, que eres un guasón! *(Se le agarra al brazo de Pachu)*

Pachu: Y ahora, para festejar el éxito de mi patraña, vamos a comer todos en la pomarada. Queda invitado, también, nuestro abogado. Antes, dejaremos formalizado el asunto de los bienes.

93

Ya sabe don Jorge mis modestas pretensiones.
Sólo os pido que me cedáis el prado de al lado
de la iglesia, donde construiré un chaletito para
Carmen y pa... mí. *(Carmen se vuelve a agarrar del
brazo de Pachu, muy melosa)*

Cefero: ¿Entonces, ponemos la mesa en la
pomarada?

Pachu: *(Riendo)* Sí. *(Señalando a Paco)* Donde tanto se
extasiaba el 'tío Pachu'...

Cefero: Ir llevando a la pomarada los mejores
sillones que hay en la casa. *(Lo hacen Juan, Flora
y Carmina. Pasan de la casa con sillas a la pomarada,
derecha)*

Pachu: Váyanse ustedes para allá, que tenemos que
hablar Paco y yo. *(Mutis, derecha, don Jorge y
Cefero)*

Paco: *(Abrazando a Pachu)* ¡Qué buen corazón tiene
usted, don Paco!...

Pachu: Habíamos quedado en que teníamos que
tutearnos...

Paco: *(Cómicamente)* ¡Pachín del alma...! *(Nuevo
abrazo)*

Pachu: *(A Juan, que pasa con las dos últimas sillas en la
mano)* Tú, deja aquí esas sillas y vete a la
pomarada con todos, que enseguida vamos
nosotros allá... *(A Paco)* ¿Qué, gustóte
Asturias?...

Paco: Antes de esto, nada; y después de esto, la
gloria...

Pachu: ¿Te acuerdas de aquélla poesía, favorita
mía...?

Paco: *(Declamando cómicamente)*
   Asturias, patria querida;
   Asturias de mis amores…

(Después que se fue Juan, salen, derecha, Flora y Carmina, que se agarran cada una a un brazo de Paco y Pachu)
Las Dos: ¿Vamos?…
Pachu: *(A Paco)* Coge esa silla y ponla encima de la cabeza, como yo. *(Pone una silla con el asiento sobre la cabeza y hace lo mismo Paco con la otra)* Ahora vamos a festejar la ventura de este día y el éxito de mi estratagema, y hacer votos por nuestra felicidad en la paz y tranquilidad de esta deliciosa aldea de Villahermosa. *(Iniciando el mutis)* Vamos allá. ¡Qué ya era hora, tocayo; que ya era hora que 'sentásemos' la cabeza!… *(Mutis, derecha, con las sillas sobre la cabeza, y cogidos los cuatro del brazo)*

TELÓN

Y FIN DE LA COMEDIA

95